ソウルメイトの君たちへ

きっとみんな、つながっているから

笠原 伸夫

明窓出版

目次

まえがき

人は、心の奥底の一番深いところで「自分はこの世になにをしに来たのだろう」「自分はこの世の中でなにをすべきなのだろう」という疑問を抱えながら生きているように思います。

普段そんなことに無頓着な私でさえ、ふと考えることがあります。

ある日、小学2年生の息子から「なんで人間は生きているの？」という質問をされ、突然の不意打ちにたじろいでしまいました。日々の生活に追われ、心の奥底にある疑問に対して鈍感になっていた自分が「ハッ」とした瞬間でした。

「この世の中の出来事は、すべての事柄が、必要な時に、絶妙なタイミングで、必然的に生ずるものである」こんな考え方をしていた私は、この時、誰かに背中を押されたように感じました。

小さな子供から発せられた問いは、実は自分自身が常に感じていた疑問でもあったのです。

「今まで自分が思い、感じていたことを整理してみようかな」自然とそんな気分になりました。

この本は、自分自身の心の中をもう一度見てみようと、人生の折り返し地点でちょっと立ち止まって書いたものです。

自分がちょうど人生の折り返し地点に立った時、自分を育ててくれた両親は人生の最終章を生きていました。

闘病生活をしながら必死に生きようとした父親。認知症になりながらも自立した生活を送ろうとして頑張っていた母親。年老いた2人の後ろ姿は息子の私にも「生きること」への尊いメッセージを与えてくれました。

「おじいちゃん・おばあちゃんの生きる姿から、子供たちもなにかを感じてくれるのではないだろうか」そんな思いもあって、父と母の生活の一部分を我が3人の子供たちに向けて綴ってみました。

自分が両親から伝えてもらったメッセージ。自分の子供たちへ、親として伝えたいメッセージ。どこの家庭でも、そんな心のメッセージのリレーが行われているのかもしれません。

自分が愛されているという思い。そして家族みんながつながっているという思い。この世に生まれた小さな命が健康な心を育むためには、そんなつながりを感じられることが大切だと思います。

日々成長していく命にとって、どんなつながりが大切なのでしょうか。

それは、自分が今思っているよりもはるかに大きな世界観の中ですでに自分が生かされているという思いではないでしょうか。自分が大きな宇宙の中のかけがえのない存在として、すべての生命とつながっている、という思い。

自分が大自然の大いなる力の中で、今ここに生かされているのではないだろうか。自分が宇宙的な存在として、宇宙の愛とつながって、今ここに生かされているのではないだろうか。

そんなふうに考える時、「自分がこの世でするべきこと」に少しずつ近づいていけるような気がします。

私は、ようやく人生の中間地点に到着したばかりです。フルマラソンに例えるなら、21キロを過ぎたあたり。マラソンは、ちょっときついけど、後半が面白い。少し立ち止まって給水したら、またゆっくりと進めばいい。たとえ人より遅くても、マイペースで頑張ったマラソン大会は、自分のためだけにつくられた素敵なゴールが待ってくれているのだから。

第一章　ねえ、お父さん、なんで人間は生きているの？

(1) なんだよ、いきなり

「ただいま」玄関の戸を開けると「パパー」と長女の愛がロケットのように飛び込んできました。「パパー」、続いて次女の百花も2発目のロケットのように胸の中に飛び込んできました。

「あれっ」我が家にはもう1発ロケットがあったはずだけど。打ち上げに失敗したか、どこか不具合でも生じたのかしらん？

可愛い盛りの小さな娘たちを両手に抱っこして居間に入ると、そこにはいつもの小さな「おやじ」が寝ころんでいました。

我が家の長男、錬です。小学校2年生になる〝小さなおやじ〟は、いつもその定位置にいます。

居間に置いてあるテレビの真ん前に陣取り、まさしくかぶりつきの状態で、家族みんなのテレビを王様気どりで独占しています。

テレビの前にジュースのペットボトルやお菓子の袋を広げ、寝ころんで「サキイカ」なんぞをくちゃくちゃと食っている。その姿は、まさしく「おやじ」そのものです。

「お前、〝おやじ〟みたいに、サキイカなんか食ってんなよ」

「ほんとに、お前、そこらへんのおやじみたいだなー」

いつもの、我が家の風景です。

テレビおたくの錬は、仮面ライダーシリーズのクーガやアギトに夢中になり、タイムレンジャーやガオレンジャー、ハリケンジャーも大好きでした。

少し前までは遊戯王「デュエルモンスターズ」にはまっていたようです。小さいので意味がわからないのでしょう、「いけにえってなあに?」「しょうかんってなあに?」と聞きながら、

「クリボーをいけにえに捧げ、ブラックマジシャンガールを召還する」などと夢中になってカード遊びをしていました。

しばらく狂ったようにカードを集めていたかと思えば、いつの間にやら、「デュエル

モンスターズ」が、甲虫王者「ムシキング」とやらに変わっていました。

またまた狂ったようにカードを集めては、ヤマザワやジャスコのゲームコーナーに行き、得意そうにカブトムシやクワガタとのバトルに熱中しています。

学校の勉強をろくすっぽしない、我が家のテレビおたくの錬が、ときどき変なことを言います。

小学校の2年生になったばかりの頃だったでしょうか。

2階の寝室で、短パンをはいてストレッチをしていた私に、唐突に言いました。

「ねえ、お父さん、なんで人間は生きているの?」ににこにこしながら屈託のない笑顔です。

「はあ……?」

「なんだよ、いきなり」

「お前、突然、そんなこと聞くなよ」

なんだよ、こいつは、と思いながら私は顔をしかめ、苦笑いしました。

「なぜ、人間は生きているのか?」そんな唐突な、哲学的な問いに、

「それはね、しかじかこういう理由だからだよ」などと、簡単に答えられるわけがありません。

2年生の息子の無邪気な問いに、一瞬、困りました。

「そんなの、お父さんだって、知らねーよ」です。

しかし、「なぜ、人間はこの現実世界に生まれ、人間として生きているのか」

これは、とても大切な疑問です。

たかが小学校2年生の、クレヨンしんちゃんかなにかのテレビアニメで仕入れた言葉かもしれませんが、とても大きな問いかけです。

父親として「そんなの知らねーよ」とだけ言って流してしまっては、貴重なチャンスをつぶしてしまうような気がしました。

「錬、お前もたまには、いいこと言うな」

「なんで人間は生きているかって？　これは、大人でも、すっごく難しいことなんだぜ」

「人間はさ、宇宙の進化と向上に順応するために、この世に生まれてきたんだよ」

「だからさ、人間は、人に愛を与えるために、生きているんだ、とお父さんは思うよ」

自分の大好きな、天風先生の言葉をちょっと借りて、答えてみました。

「だって、錬はさ、お菓子をぼろぼろ食ってさ、寝ころんでテレビを見るために、この世に生まれて来たんじゃないでしょう」

「ちょっとはさ、勉強したり、運動したり、なにかを頑張るために、生まれて来たんでしょう」

「ムシキングのカードをお父さんからいっぱい買ってもらうために、生きているんじゃないでしょう」

「なんで人間は生きているの？」というとんでもなく難しい質問をされて答えに窮したお返しに、我が子に反撃（？）してみました。

「いいや、僕は、いっぱいテレビを見て、ムシキングのカードをいっぱい買ってもらうために、生きているんでしょう」

最近、めっきり生意気になった錬は、私の口調を真似して、ふざけながら応戦してきました。

（2）小さくても、一人の人間

こんな、何気ない会話をした後も、やっぱり気になっていました。

「なんで人間は生きているの？」どうしてこんなことを聞いたのだろう？

子供ながらにも、なにか感じていることがあるのだろうか？

それから何日か経った後、妻の和歌子にも唐突に聞いていていました。

「ねえ、お母さん、なんで僕はこの世に生まれて来たの？」

夜、寝ようとしている時、またまた、屈託のない様子で聞いています。

隣の部屋でなにかの本を読んでいた私は「錬のやつ、また聞いてるよ」と思って耳を澄ましていました。

「錬、自学（自主学習）もしないで、変なことばっかり質問しないでよ！　早く寝なさい！」

ガツンと母親からお叱りを受けていました。

「そうだよな、そんなこと聞かれたって、わかんねーよな」

妻に共感を覚え、くすくすと笑っていました。

「でもな、うちの子供だけじゃなくて、きっと、この年頃の子供って、こんなことを突然親に聞いたりするのかもしれないな」

「僕は、どうして、生まれて来たの？」

「私は、どうして、生きているの？」

こんなことを聞かれて、上手に子供に話してあげられる親って、いるのかな？

ふと、考えてしまいました。

自分もかなりふがいない親ですが、でも、やっぱり難しいよな。

だって、大人になったって、なぜ、なんのためにこの世に生まれ、この世で生きているのか、なんて結構わかんないよな。

でも、わからないけど、とても大切なことです。

人間というのは、一体、どんな存在なのだろう？

自分は、どこから来て、どこに向かって行けば、いいのだろう？

自分とは、自分らしさとは、一体なんなんだろう？

人間として、どんな生き方をしていけばいいのだろう？

どんな価値観のもとに生きていけばいいんだろう？

人間が、幸せを感じながら生きていくためには、どうすればいいのだろう？

きっと、どんな人でも、自分がこの世に生まれて来たことの意味を探そうとする時期があるように思います。

「自分探しの旅」。若い頃、きっと多くの人が挑んだに違いありません。

答えを得られた人、得られなかった人、さまざまでしょう。自分なりの答えを見つけ、行動している人は、きっと幸せを感じているに違いありません。

答えを見つけられず、探しながら人生を歩んでいる人も多いと思います。また、最初から「自分探し」なんぞには興味を持たないで人生を生きている人もいるでしょう。

どう生きるか、これは本人の自由意思です。他人から、とやかく言われるべきものではありません。

ただ、今回経験したように、小学2年生の息子が無邪気に、なんの脈絡もなく発した問い、

「なんで、人間は生きているの？」という言葉は、人間が本質的に持っている心の叫びのように思えてなりません。

「なんで、人間は生きているの？」小さい心に生じたこの素直な疑問は、時とともに忘れてしまうことでしょう。でも、きっと、再びこの疑問を感じ「生きること」について自分自身と対峙する時が来るように思います。

「なんで人間は生きているの？」

小さな子供の口から発せられたこの言葉を聞いて、つくづくと感じました。

「こんなに小さくても、すでに1人の人間なんだなー」って。

(3) 旅はこれから

「ねえ、お父さん、なんで人間は生きているの？」

こんな難しい質問をされたお父さんは、上手に答えることができませんでした。

それでも今は、あの時、上手に答えることができなくてよかったな、と思っています。

だって、こういう大切なことは、親とか先生とか、周りの人から教えてもらうことではないような気がします。

「どうして自分が生きているのか？」それは自分自身で答えを探そうとするべきものだと思います。自分で答えを探そうとする、その過程がとても大切なことだと思います。

百人いたら百人が、千人いたら千人が、みんな違った方法で、自分の好きなやり方で自由に答えを探そうとすればいいのではないでしょうか。

学校の算数の勉強みたいに、正解が決まっていれば答えを導き出すことは割合簡単にできると思います。でも、答えの決まっていない、自分らしい答えを探そうとすることは、とっても難しいことだと思います。

君たちが大きくなった時、再び、ふと思うことがあるかもしれません。

「なんで人間は生きているのだろう？」

「自分はどういう生き方をしていったらいいのだろう？」

そう思った時、ゆっくりと自分なりの答えを探す旅に出ればいいのではないでしょうか。

3年前、東京のおじいちゃんが闘病中の頃、お父さんは1冊の本を書きました。『神様からの伝言』という本です。その中で、君たち3人の子供たちへいくつかのメッセージを綴りました。

「自分が大切に思う幸せのものさしを、自分自身で探してくださいね」こんな父親としての気持ちを込めたメッセージを綴りました。

当時6歳だった錬、4歳だった愛、2歳だった百花は、それぞれ成長して、現在は9歳、7歳、5歳になりました。

当時27歳だったお父さんは、現在30歳になりました。

あっ、間違えた。当時37歳だったのだから、えーと、今年で40歳になるんだ。

いつも自分の年を間違えて、10歳若くごまかしてしまう。しっかりしなくっちゃ。

この3年間には、いろいろなことがありました。東京のおじいちゃんが亡くなったり、おばあちゃんの認知症がどんどん進んでいったりと。

そんな東京のおじいちゃん、おばあちゃんの事柄も交えながら、ひと足先に「自分探し」の旅に出ているお父さんから、いままでの旅の途中で感じた事柄を、いくつか君たちにお話ししていきたいなーと思います。

第二章　心臓病のおじいちゃん、認知症のおばあちゃん

（1）おじいちゃんが入院した

「もしもし、清瀬の大塚雅《マサ》です」今日も、東京在住の母の元気な声が携帯電話から聞こえました。

「おはよう、お母さん、仲夫です。大丈夫だね、変わりないね」

「仲夫さん、私も、お父さんも元気にしています」

こんな会話を毎朝するようになってどれくらいになるでしょうか？

私の実家のある東京の清瀬市に住む母親、雅から山形で暮らす私の携帯電話に朝のお元気コールが入るのです。

実家の居間の一番目立つところに貼った紙には、太いマジックでこう書いてあります。

雅は毎朝7時に、伸夫の携帯電話に電話をする。
雅は電話機で電話をする。
電話：000―0000―0000
困ったことはなにも起こりません。
外に出ないで、家の中で元気に生活していてください。
伸　夫

認知症の母の安否確認と、電話をかけることの習慣づけ、緊急時に電話が使えるように練習してもらうためです。

そして、なによりも、元気でいる母の声が聞きたい。

そんな気持ちから始めた毎日の習慣事です。

しかし、必要な時に電話をかけることは、難しかったようです。

3ヵ月ほど前の8月11日、理学療法士として勤めている私の勤務先の病院で夜8時半頃、突然携帯電話が鳴りました。

見ると覚えのない番号でした。嫌な胸騒ぎを感じながら電話をとりました。

この日は水曜日。毎週行われている夜間診療の日で、リハビリ室の患者さんがいなくなろうとしている頃でした。

「はい、笠原です」意識的に明るい声を出しました。

「もしもし、のぶちゃん、清瀬の佐藤です」聞き覚えのある声でした。実家のご近所に住む、佐藤さんの声でした。

「来たな」一瞬にして緊張感が走りました。自分を落ち着かせ、どんな事態に対しても動揺しないように、心の中でぐんと踏ん張りました。

「あのね、今日の夕方、お父さんが近くの道で気を失ってね、道路に倒れていたらしいんだ。……」

予想した通り、心臓病を患う父親の容態が急変した知らせでした。

お話をうかがうと、近くのゴミ置き場までゴミを持って出かけた父親が、途中で意識を失って倒れ、救急車で病院に運ばれたとのこと。幸いに意識は回復し、今はかかりつけの狭山病院に入院したとのこと。

「お父さんは、話もできるようだし、気持ちもしっかりしているようだからあんまり心配しないでね」佐藤さんは、優しい言葉で気遣ってくれました。

「とりあえず、命に別状はないようだな」どきどきしていた心臓が少し落ち着きました。しかし、父親が入院したとなると、母親のことがとても気がかりになります。あの、認知症の母親のことが……。

我が家の両親は典型的な老夫婦二人暮らしの世帯です。長男（つまり、私の兄）の史郎は清瀬から30キロほど離れた川越で生活をしています。次男の私は10年ほど前から婿養子として山形県の最上町に移り住んでいます。山形から清瀬までだと約４５０キロ、車では急いで行っても6時間はかかります。

父親の隆二は13年ほど前から重度の心臓病を患い、入退院を繰り返しながらどうにか生活をしている状態です。

母の雅と言えば、ここ2~3年でかなり認知症の症状が進行してきています。短期記憶の障害が著しく、食事をしたのかどうか、薬を飲んだのかなど直前の事柄を覚えていられなくなっています。

記憶力の低下に伴うように、理解力、判断力も悪くなり、日常の生活に支障をきたしている状態です。

父が入院したとなると、判断能力の衰えた認知症の母が１人であたふた、なにをしてよいかもわからずに、不安になっていることが容易に想像できます。

幸いにも、今はご近所の佐藤さんが母と一緒に、父の入院先である狭山病院で付き添ってくれているようです。

仕事中なのか、兄の史郎にはなかなか連絡がつかないとのこと。そこで、ご近所の佐藤さんが私の携帯電話に連絡してくれたのでした。

史郎にはそのうち連絡がとれると思われましたが、とにかく急いで実家に向かったほうがいいと思いました。

「9時頃には夜間診療も終わるだろうから、家に帰って、支度をして、10時頃には車で出かけられるだろう」心を落ち着けて、今後の予定を整理しました。

このような緊急時に自分ではなにもできない分、人様から助けていただくとありがたくて、申し訳なくて、心が締めつけられて涙があふれてきます。

両親が病弱になってから、さまざまな面でお力をお借りしているが、山形にいる自分がなにもできないことと重なってすぐに目頭が熱くなるようになりました。以前は涙なんかまったく縁のなかった人間だったのに……。

「仕事のほうはなんとかなりますから、お休みをとって、これから車で清瀬に向かいます。明日の明け方には着きますから、朝のうちに狭山病院に行ってみます。本当にお世話になりました」

佐藤さんにお礼を言いながら、倒れた父のこと、認知症の母の顔を思い浮かべ、不安のいっぱい詰まった涙をぬぐいました。

夜間診療を終えて家に帰ると、家人たちも父が倒れたことを知っていました。自宅にも清瀬の佐藤さんから電話があったようでした。

「大丈夫だとは思うけど、今から東京に行ってくるね」

急いで行っても、そうそうすぐに着く距離ではありません。荷物をまとめ、風呂に入りました。

「安全運転で、落ち着いて行こう」湯ぶねの中で気を引き締めました。

午後10時半頃、清瀬の実家へと出発しました。

夜の東北自動車道はガラガラです。愛車は青のGTO。V型6気筒の3000cc。280馬力のスポーツカーです。180キロ走行でも見事なほどの安定性を保ってくれます。

しかし、今日は遊びのドライブではありません。「安全運転で、落ち着いて行こう」

です。

夜の東北自動車道を走りながら思い出していました。

確か、3年前にも似たようなことがありました。

父親の急変の知らせを受けて、「もう駄目かもしれない」と涙を流しながら夜の高速道路を走っていました。あの時は助手席に長男の錬がいて、可愛い寝息をすやすやとたてていました。まだ5歳の、保育所の年中児でした。

父親の急変の知らせを受け、夜遅くに東京へ向かおうとしている私に「僕も一緒に行く」と言って、東京までついてきてくれたのです。

「父が死ぬかもしれない」という不安でいっぱいの胸に、まだ5歳の、小さな息子の優しさが心にしみました。

「ありがとうな、錬」そう言って、可愛い寝顔を何回もなでていました……。

そんなことを思い出しながら、はやる気持ちを押さえ、休憩をとりながら、清瀬の実家を目指しました。

明け方4時頃、実家に着くと、母が出迎えてくれました。

兄の史郎と連絡がとれて、付き添っていた狭山病院から帰ってきていたのです。

「あら、仲夫さん、山形から来てくれたの？」ほっとした母の表情です。弱々しげなその笑顔に、またまた涙があふれてきます。

「心配しているより、来たほうが早いからね」それだけ言うと、私は泣き顔を気づかれないように洗面所に向かいました。

母は、今日の出来事について詳細な経過は理解していませんでしたが、父が道路で倒れ、救急車で病院に運ばれたことはわかっていました。

近所の佐藤さんから連絡を受け、父と母、佐藤さんの３人で救急車に乗り、狭山病院に行きました。その後、連絡のついた史郎が病院に到着。それから史郎の車で帰ってきたと母は教えてくれました。

母にしてはある程度の状況把握ができていて、パニックにはなっていないようでした。父の病状もさることながら、母の状態を見て、やっとほっとすることができました。

今日は午前中のうちに狭山病院へ行かなければなりません。

「少し寝るからね」仮眠するために2階の部屋へ、階段を上っていきました。

入院先の狭山病院へ行くと、ベッドの上の父が笑顔で迎えてくれました。

「今回もなんとか大丈夫だな」意外にも元気そうな父の姿を見てひと安心しました。

父は、昨日の状況を理路整然と丁寧に教えてくれました。

ゴミを出しに行って、意識が遠のいたこと。認知症の母では対応が困難と考え、ご近所の佐藤さんに助けを求めたこと。通りがかりの人やご近所の方々にお世話になったことなど。

「ご近所の方々が心配してくださったので、お礼かたがた経過を報告するように」と父親から依頼されました。

見舞いを終えて、清瀬の実家に戻った私は、さっそくご近所に挨拶まわりをしました。

(2) 漬物工場の前の松本さんはどこにいるの

お電話をいただいた佐藤さんは、ご自宅にいらっしゃいました。お礼をしながら、佐藤さんから昨日の出来事をあらためて教えていただきました。

そこで初めて、父親も知らなかったご近所の方々の連係プレーがあったことを知らされました。

第一発見をしてくれた方は、夕方、薄暗くなった道に父が倒れていたので、誰だかわからず、怖くて声をかけられなかったこと。通行人の方の協力を得て「近所の大塚さん」

だとわかったこと。日頃からお世話になっている佐藤さんに連絡してくれたこと。入り口がわかりづらい住宅街のため、何人かで救急車を誘導してくれたことなどを教えてくれました。

お話をうかがいながら、ご近所の方々の温かい気持ちに心から感謝していました。希薄な関係と思われがちな東京のご近所関係だが、どうしてどうして、こんなにも力を合わせて父親を助けてくださったじゃないか。「清瀬はいいところだな」自分の生まれ故郷を誇らしげに感じていました。

同じ住宅街の方にはお礼を言うことができましたが、父の名前を出し、佐藤さんに連絡してくれた通行人の方が誰なのかわかりません。

父がお世話になった人にどうしてもお礼を言いたい。

幸い、佐藤さんが名前を聞いてくれていました。

「漬物工場の前の松本です」とその人は言っていたそうです。佐藤さんの言うところでは、声からしてまだ若い、20代の男の人のようでした。

実家の近くに、昔からあの「キュウリのきゅうちゃん」で有名なお漬物の工場があるのを知っていました。会社の名前は知らないが、そのお漬物会社の近くの人なんでしょう。

寝不足で、少々疲れぎみではありましたが、早いほうがいい。

スーパーで菓子折りを買って「漬物工場の前の松本さん」を探して歩きました。

記憶の中では実家の裏を流れる柳瀬川を渡ったところに漬物工場があると思っていましたが、記憶があいまいだったようです。あたりをぐるぐる歩きましたが漬物会社らしきものが見つかりません。

困っていると、住宅地図を片手に家々を訪問している女性の姿を見つけました。なにかの営業か調査の仕事をしている人のようです。

「ラッキー、聞いてみよう」ということで声をかけました。

「すみません、この近くに漬物工場があると思うんですけど、どっちのほうに行けばいいんですか？」

その女性に、倒れた父親がお世話になった「漬物工場の前の松本さん」のところへお礼にうかがいたいことを簡単にお話ししました。

その方は、私の気持ちを十分に察してくれて、手持ちの地図で丁寧に松本さん宅を調べてくれました。お仕事中なのに本当に申し訳ない。

「漬物工場というのは、たぶん、東海漬物という会社だと思いますが、その近くに松本さんというお宅はないようですね」

「もしかしたら、一軒家ではなくて、マンションかアパートかもしれませんね」

「他の漬物会社の近くにも松本さんというお宅はないようですよ」

世帯名が書かれている詳細な地図でしたが、その地図に載っていないとなると松本さん宅を見つけるのはかなり難しいかもしれません。

「とにかく探してみるしかない」漬物会社の場所を聞いて菓子折りを片手に持って歩きました。

東海漬物はすぐに見つかりました。が、見てみてびっくり。その工場の敷地の広いこと。

「工場の前」と言っても敷地が広大な分、どこを探してよいかもわかりません。

「くそー、しらみつぶしに探すしかないか」広い工場の周囲を一軒一軒探し回りました。

「必ず見つかる」と、強い決意と自信を持って探し歩きましたが、現実はそう甘いものではありません。

2時間ほど頑張ってみましたが、見つからない。少し弱気になりました。

「俺は笑顔で42・195キロをゴールできる男だ。2時間歩いたって全然平気だ。あと2時間くらいは探してみよう」自分を励ましました。

頑張ろうという気持ちに反してそのうちに雨が降り出しました。それがあっという間にスコールのような大雨になりました。大雨の中を1人、買い物袋を下げて歩き続けました。

「すごい雨だなー」上を見上げると、大粒の雨がものすごい勢いで顔面にたたきつけてきました。

神様が「今日のところは、もういいよ」って、言ってくれたのかな。そんな気持ちになりました。

松本さんにお会いして、父の無事を伝えてお礼がしたかった。

しかし、今日という日は、そのタイミングではなかったのかもしれません。

がむしゃらに粘ることはやめて、見つけられない現状を受け入れることにしました。

今回はなにかの理由があって、松本さんにお会いできないのだろう。

でも、いつかどこかで、「漬物工場の前の松本さん」にお会いできるような気がしてなりません。理由はないけど、そんな気がしました。

第三章　大どんでん返し

（1）グループホームは、きっと、いいところ

入院した父はすぐに退院することはできないだろう。このまま認知症の母が一人暮らしをしていくにはあまりにも危険が多すぎる。

今の状態だと、近所のスーパーに買い物に行くことさえできない。途中で道がわからなくなり、迷子老人になってしまう。買い物に出かけたのに、なぜ自分が外を歩いているか、そのこと自体がわからなくなってしまうだろう。

とにかく認知症の人の行動は予測ができない。こちらが想像もできないことを本人なりの理由の中で行ってしまう。勤務先の病院でリハビリの仕事をしながら多くの認知症のご老人に接している私は、実の母親のこともある程度は客観的に見ることができます。

母親の生活をどうしていくか、兄の史郎と今後の方針を話し合いました。

父の隆二が入院した今は、緊急事態です。いつになるかわかりませんが、父が退院するまで、母が一人暮らしになる間は史郎が毎日清瀬の実家に泊まり、母の面倒を見ること。私も可能な限り週末に帰省して史郎をフォローすること。

以前から検討していた、施設入居の計画を具体的に進めること。

これらのことについて確認を行いました。

本来なら、生命にかかわる父のことが心配されるところですが、我が家の場合は少し状況が異なります。父親のことも心配ではありますが、それ以上に認知症の母親を全力で守らなければなりません。

遠く山形に住んでいる私は実働部隊としては役に立ちません。あくまで近くに住む史郎の後方支援部隊です。必然的に史郎の負担がどうしても大きくなってしまいます。日々の仕事をこなしながら、認知症の母を支えていくということは本当に大変なことでしょう。いつもいつも感じていることですが、兄の史郎に対しては申し訳ない気持ちと感謝の気持ちでいっぱいです。

短期的な方針を固めた後、さっそく清瀬の「在宅介護支援センター信愛」に向かいました。

ここに、とても頼りになるケアマネージャー、松田さん（仮名）がいます。父の隆二、そして母の雅と、2人の担当ケアマネージャーとして2年ほど前からお世話になっている方です。

普段の生活にも不自由をきたしている父と母は、それぞれ介護保険のサービスを利用しています。父は週2回のホームヘルプサービスを、母のほうは週2回デイケアに通っています。

当初、デイケアの雰囲気になじむかどうか心配された母でしたが、これが意外なほどにうまくなじみました。信愛デイケアセンターの職員の皆さんが温かく対応してくださったおかげで、デイケアが大好きになりました。

実家から車で5分ほど走れば、在宅介護支援センター信愛に着きます。

さっそく、担当のケアマネージャー松田さんと面談を行いました。

今回の父の再入院についての経過、最近の母の認知症の状態や生活状況など、手短に報告しました。

そして以前からの検討事項であった母の施設入居について、具体的に進めていきたいことをお話ししました。

ケアマネージャーの松田さんとは、これまでも何回もお会いして、近い将来に母の施設入居を考える時期が来るであろうことを予測して、相談を重ねていました。

母のような認知症の高齢者が施設入居を希望する場合、いくつかの選択肢があります。介護老人福祉施設（特別養護老人ホーム）や介護老人保健施設（老人保健施設）、介護療養型医療施設など。それから、居宅介護サービスの中に位置づけられていますが、形としては施設入居になる痴呆対応型共同生活介護、いわゆるグループホームがあります。

その中で、現在の母の状態に適した内容、入居までの待ち時間などを検討するとやはり「グループホーム」を考えることがベターな選択であるように思われました。

「雅さんにはグループホームが合うように思いますね」松田さんとも考えが一致しました。

グループホームは認知症の高齢者が専門に入居する小規模な施設です。だいたい9人、18人という単位で、入居者を家庭的な雰囲気でケアしてくれる施設です。

私が勤務する山形の最上病院の隣にも、老人保健施設とグループホームがあります。廊下続きの施設なので毎日のように行き来しています。

我が町のグループホーム「やすらぎの家」は、物理的な生活環境もよく、職員の方もみんな明るくて元気ハツラツ。ケアの質も非常に高いことをよく知っています。手前味噌ではありますが、とてもいいグループホームだと思っています。認知症のご老人に対して、十分に人権を尊重して、一人ひとりに合った手厚い介護をしてくれています。

グループホームで暮らすご老人の、日々の生活状況をときどき見ていることから、やや気難しいところのある我が家の雅さんでも、きっと満足できるのではないか、そんな期待感を持っていたのです。

(2) 施設入居の予感

今は一人暮らしとなった母なので時間的余裕はありません。さっそく松田さんから清瀬周辺のグループホームのリストをもらいました。

清瀬は東京の田舎とは言ってもさすがに東京都です。周辺の東村山市、東久留米市、小平市、西東京市も含めればざっと60施設くらいはあるようです。最上町ではグループホームは一つだけ。周辺の市町村を含めても数えるほどしかないのに。

そのリストの中から清瀬の家から通いやすく、評判のよいグループホームをいくつか教えていただきました。

「グループホームに連絡をとって、母がよければ見学でもさせてもらって、入居の方向で検討してみます」松田さんにお礼を言って、在宅介護支援センター信愛を後にしました。

以前から考えていたことですが、施設入居を検討する際に第一優先で考えなければならないのは、入居する母、本人の気持ちです。

母は、認知症とは言っても人格的な部分はしっかりと保たれ、自分が認知症であることを十分に理解しています。極端に低下した短期記憶の障害を補うために、毎日細かくメモをとり、そのメモを見ながら生活を組み立てている。その努力といったら涙ぐましいほどです。

そんな母とは、これまでも施設入居について何度も相談し合ってきました。父との二人暮らしができているうちは、自宅での生活が不自由ながらも継続できるでしょう。しかし、父が入院したり、あるいは万が一亡くなったりした場合、一人暮らしでは自宅での生活はかなり困難になります。

心臓病で入退院を繰り返している父であったので、近い将来、必ず母が一人暮らしの生活となる日が来ることを予想していました。

「お父さんが入院したり、万一亡くなったりした場合に、お母さんが1人でこの家で生活していくのはとっても大変だと思うよ」

「自分では大丈夫だと思っているみたいだけど、息子の俺から見ても、かなり難しいと思うよ」

「9人とか、18人くらいの小さい施設があって、このグループホームっていうのがお母さんには一番合っているように思うんだけど」

このような提案に最初は耳を貸さなかった母でしたが、最近では徐々に受け入れ姿勢を示してくれるようになっていました。

これまでも毎日のように、川越から通ってきて食事の支度をする史郎の献身的な姿を見て、また、山形から通う私の姿を見て、だんだんと気持ちが変わってきたようです。

「史郎さんも、伸夫さんも、私とお父さんを心配してよくやってくれるわね」

「あなたたちに心配かけてはいけないから、お父さんがいなくなったら、施設に入ろうかしら」

こんなことも自分の口から言ってくれるようになっていました。

そして今、その予想していた事態が、まさしく現実となって生じているのです。

「ケアマネージャーの松田さんから、グループホームのリストをもらってきたよ」

「どこも満員で、なかなか空いていないとは思うけど、入れそうなところがあったら、遊びがてら見学に行ってみようよ」

そんな私の言葉に、

「そうだね、お父さんも入院しちゃったし、伸夫さんに心配かけちゃいけないから、行ってみようかね」嫌な顔もせず、母は明るい表情で言ってくれました。

そんな母の態度に内心ほっとしていました。母から拒否され、困難かと思われていた施設入居の計画が、案外うまく進められるかもしれない。

60以上あったグループホームのリストの中から、松田さんから聞いた、よかれと思われるグループホームにさっそく電話をしました。

（3）決めるのは、母さんだよ

「はい、グループホーム陽当たり荘（仮名）です」明るい、はきはきとした、おばちゃんの声がしました。

入居先の施設を探している家族にとって、電話に出た方が明るい声で対応してくれると、それだけで嬉しいものです。

「えーと、私は清瀬市に住んでいる大塚といいます。実は母親が認知症なんですが、二人暮らしをしている夫のほうが入院しまして、認知症の母親が独居生活になってしまったんで、入居できそうなグループホームを探しているんです」こんなふうに切り出してみました。

「お母様がお1人で生活されているんですね。それは大変ですね、……」

「お母様は、現在、介護保険のサービスをなにか利用されていますか？」

「1週間に2回、清瀬の信愛デイケアセンターに通っています。介護認定のほうは要介護1ですね。体のほうは、足腰が痛いくらいでほとんど元気なんですが、記憶の障害がものすごくって、１人での生活は限界というか、もう限界を超えているような状態で……」

「今、入居できるお部屋がありますでしょうか？」そんなにうまくはいかないだろうと思いながら、一応聞いてみました。

「ええ、私たちのホームは18人の方が入っているのですが、少し前にお出になった方がいますので、一つお部屋は空いております」

あまりにも都合のよい答えが返ってきたので、耳を疑ってしまいました。やはり私は運がいいのかもしれない。

「あっ、そうですか。陽当たり荘さんはとてもよいホームだとお聞きして、たくさんあるグループホームのリストの中で一番最初にお電話させていただいたんですよ」

素直な嬉しさと、多少のお世辞を合わせて言ってみました。

とにかく、狙ったグループホームが現在空いているという。願ってもないチャンスです。

すぐにでも見学に行きたかったのですが、母のペースを考えると、あまり急な展開はよくないでしょう。それに今日の夕方には、山形に帰らなければなりません。

「来週の土曜日か日曜日に見学をさせてください。また、後日お電話いたします」そう約束して電話を切りました。

「お母さん、今電話したら、一番よさそうなグループホームがひと部屋空いているって言ってたよ。電話で対応した人もよさそうな人だったよ」

「あらっ、偶然空いていたの、そんなこともあるのね」優しい笑顔でしたが、でも少し寂しいような表情にも見えました。


母の施設入居に関して、本人の気持ちを無視するような、強制的な勧め方は決してしてはならないと思っていました。あくまでも母が自分の意思で「施設に入ろう」と思ってくれなければ入居はできません。

そして、同時に配偶者である父の同意がなければ、施設入居という選択はあり得ません。

今の進行状況だと、どうにか両親の同意を得ながら、進めていけそうです。

一番いいのは、自分の家で暮らせることに決まっています。母だって、たとえ1人で不自由な思いをしても、家にいたいに決まっています。

グループホームが空いていると言われて、心から嬉しいと思うはずはないでしょう。母親が一瞬見せた寂しげな表情がとても気になり、心から離れませんでした。

「グループホームに入るか入らないかは、お母さんが決めていいんだから」

「見たこともないと、いいかわるいか判断もできないから、まずは見学だけさせてもらおうね」

あくまでも、決めるのは母であることを強調して、一緒に見学に行くように話をしました。

夕方の5時頃でしょうか、そろそろ山形に帰らなければなりません。

短期間の滞在ではありましたが、少し状況を進展させることができました。グループホームの見学予約まで進めることができましたので、ようやく将来的な方向性が見い出せたように思います。

母がグループホームに入るまで、史郎には申し訳ないが頑張ってもらうしかありません。

自分が山形で、なに不自由なく悠々と生活していることが本当に申し訳ない。

結婚を機に山形へ移り住み、日頃は両親の面倒を見られないので、何かあった時にはとにかく実家に帰ることです。1度でも多く実家に帰り、母とともに時間を過ごし、安心させてあげることしかできません。

「じゃあ、帰るからね。お父さんはいなくても、困ったことは起きないから、安心して生活しててね」

「いつでも電話していいから。夜は史郎兄さんが泊まるから心配しないでね」

自宅の玄関前で母に別れの挨拶をしました。

「はーい。だいじょうぶです」母は笑顔で手を振ってくれました。

笑顔ではあったが、不安な気持ちを含んだ、頼りなげな、さみしそうな笑顔でした。

「来週、また来るからね」認知症の母親を1人残し、手を振ってアクセルを踏みました。

バックミラーに映った母の姿がどんどん小さくなっていきます。

きっと、こらえていた感情が爆発したのでしょう、大粒の涙が堰を切ったようにあふれ出しました。誰もいない車内で1人声を挙げて泣きました。

「お母さん、頑張ってね」

「困ったことは、なにも起きないから」

「史郎もいるし、俺もいるから、大丈夫だ」

何度も、何度も、「大丈夫だ」「大丈夫だ」と繰り返しました。

（4）夫の寂しさ、息子の決断

次の週、今度は朝一番の東北新幹線「やまびこ」に乗って実家へ向かいました。

今回の帰省でやるべきことは二つあります。

狭山病院に行って父の見舞いをすること。そして東村山にあるグループホーム「陽当たり荘」に母と一緒に見学に行くことです。

父の病状は、落ち着いているというか、平行線のままです。

以前手術で埋め込んだ、除細動器という機械の適合をさまざま調べる必要があるようです。

これに関しては、100パーセント、循環器の専門の先生にお任せするしかありません。かかりつけの狭山病院、そして、狭山病院と連携する埼玉医大の担当の先生を信頼してお願いしています。

問題なのは、やはり母のほうでしょう。先週の時点では、グループホームへ入居することに前向きな姿勢を示してくれました。

しかし、もしかしたらそのこと自体、すっかり記憶にないかもしれません。とにかく、どんなふうに状況が変化するか予想できないのです。

「お母さん、グループホームに見学に行くって言ったでしょう、忘れちゃったの？」と怒ってみても、どうしようもないのです。

午前中、10時半には清瀬の実家に到着。元気な母と再会しました。

すぐに、母と2人で、父が待つ狭山病院へ向かいました。

「お父さん入院したでしょう。変な話だけど、お父さん、そんなに長くは生きられないと思うわね」

「そうだね、心臓に入れた機械が優秀でも、心臓そのものがどんどん悪くなっているからね。お父さんがもし死んだとしても、もう悔いはないね。お母さんも本当に十分、お父さんを支えたと思うよ」

狭山病院へ向かう車内で、もうずいぶん前からこんな会話を繰り返しています。何回も通っている狭山病院までの道のり、窓の外に見える景色も見慣れたものになっていました。

「こうやって見舞いに行けること、そのこと自体がとっても幸せなことなんだな」

「生きているからこそ、父を見舞うことができるんだから」

国道16号を走っていると、左手に緑色の大きな看板、石心会狭山病院が見えてきました。

ベッドには先週よりもすっきりとした父親の顔がありました。

「顔色もいいね。先週はむくんでいたけど、だいぶよくなったね。心不全も少し改善したんじゃないの」

危機を脱した安心感からか、なんとも得意げな表情で父は話し始めました。

「実は、入院してから例の除細動器が作動したらしいんだ。……」

除細動器というのは、致死的な不整脈が起こって止まりそうになる心臓に対して、それを認識して自動的に電気刺激を与え、不整脈を取り除き、心停止を予防する機能があるそうです。

せっかく500万円もする最新の機械が体に入っているのだから、その機械が威力を発揮したことはとてもよいことであり、嬉しいのでしょう。

でも、考え方を変えれば、その素晴らしい機械が働く状況になったのだから、心臓のほうは非常に悪い状態だったのでしょう。

冷静に考えれば決して嬉しい状況ではないですが、まあ、本人が喜んでいるのだからとりあえずはよしとしよう。

しかし、もし除細動器が入っていなければ、心停止で今頃はあの世に行っていたに違いありません。

今回もどうにか乗りきれそうですが、やはり、いつなんどき緊急事態になるか予想できない状態です。あらためて、父の状態の悪さを認識させられました。

「これから、お母さんとグループホームの見学に行ってくるからね。お母さんが気に入るかどうかは、実際に見ないとわからないけど、もし、いいようだったら、施設入居の話を進めるからね」

「そうだね、お母さんには、1人の生活はやっぱり厳しいからな」

面会に来ている史郎から進捗状況を知らされているのでしょう。

母が施設に入るという寂しい気持ちをぐっと胸にしまい、息子の行動にゴーサインを出してくれたように感じました。

母が施設に入るということは、母本人と同じくらい、父にとっても寂しいことでしょう。当たり前のことです。長年連れ添った夫婦です。お互いどんなに弱っても、どんなに不自由でも、住み慣れた家で2人で暮らしていきたいに決まっています。

息子の自分もそれを心から願っています。しかし、現実問題として、それが厳しい状況になっているのです。

利口な父親は、自分勝手なわがままは決して言いません。

体はぼろぼろに弱っていますが、頭は困るくらいにお元気老人なのです。

こんなに体が弱り、本当に死にそうなくらいに弱っているのに、いまだに現役で仕事を続けています。

都内でたくさんの施設を運営している、社会福祉法人「まりも会」の理事長として、長い間、重責を担っているのです。

「こんな今にも死にそうな老人が、何回も入退院を繰り返し、基本的な日常生活に支障をきたして、ヘルパーさんの手を借りている状態でようやく生きているのに、どうしていつまでも理事長を続けているのだろう？」家族としては不思議でしかたがありません。

「早く、誰かに替わってもらえばいいのに」なにも事情を知らない私は他人事のように思ってしまいます。

このことは、5年も6年も前から父と話題にしている事柄です。

いつだったか、法人の理事をしている方とお話しする機会がありました。

その方に、家族としては、父親の健康状態が心配なこと、できることならどなたか別の方に理事長職に就いていただけないものか、素直に聞いてみました。

「お話はわかりました。私たちが力不足なものですから」と、その方は頭を下げられました。そこで理事長職の人選の難しさ、法人に父が必要な存在であることを教えていただきました。

理事長の職につくということは、なにも知らない自分が考えるほど、簡単なことではないのでしょう。若い頃から福祉畑で力を尽くしてきた父親の社会的な役割の大きさをあらためて感じさせられたものでした。

そんな、頭だけはお元気老人の父が、自分が1人になる寂しさを胸の中にしまって、母の施設入居を受け入れてくれました。

父と母の胸の内を思いながらも、今目の前にある現実の生活に立ち向かって行かなければなりません。

父に「また来るから」と別れを告げて、目指すグループホーム「陽当たり荘」へ向かいました。

（5）ようやく得た安堵感

生まれながらの方向音痴という障害を持っていた私でしたが、少し道を間違えた程度で「陽当たり荘」に到着しました。

呼び鈴を鳴らすと、中から笑顔のおばちゃんが出てきました。

「よくいらっしゃいました」その声で、電話でお話をしてくれた方だとわかりました。

「私は、山田（仮名）といいます」いただいた名刺を拝見すると、管理者・計画作成と書いてあります。

きっとこのホームの責任者で、ケアマネージャーさんだろうと思いました。

電話である程度のことは話してあったので、さっそくホームの中を案内していただきました。

我が最上町のご自慢のグループホームと比べるとスペース的に広くはないですが、掃除も行き届き、清潔な感じで、嫌なにおいもしない、とても上品なグループホームでした。

居室の中は、入居者が愛用していた家具や電気製品、小物が持ち込まれ、部屋に入ると自分の家の自室にいるような感じなのでしょう。

母も、ニコニコ笑顔で「とても素敵なところね」と上機嫌です。

訪れた時は、ちょうど昼食を終えようとしていた時間帯で、リビングのテーブルに入居者の皆さんが集まっていました。

なぜか皆さん、お上品な感じの方ばかりで、着ている洋服もお年寄りにしてはおしゃれだし、お金持ちの方が多いのかな？　とも思ったりしました。

我が家はお金にはまったく縁のない庶民ですが、実は我が家の雅さんは、お金持ちの家のお嬢様育ちだったのです。

母から聞いた話ですが、その昔、母が育った家は北海道の田舎町の、町一番のお金持ちであったらしいのです。開拓時代の北海道で、山の木を伐採するためののこぎりを作る事業で大成功を収めた家だったようです。

そんな環境で育てられた母だったので、育ちのよい上品な感じの女性であったようです。若い頃の母の写真の中に、美人ではないが、品のよい、育ちのよさが表れている写真を見たことがあります。

「ここの雰囲気はお母さんに合うかもしれないな」 1人で都合よく解釈しました。

グループホームの中を見学させていただいた後、管理者の山田さんから少し詳しい説明を受けました。

母も終始笑顔で、楽しそうに話をしています。予想外にいい展開です。

「これなら、いけるかもしれない」 施設の第一印象もよく、説明を受けた後も、とっても気分がよかったです。管理者の山田さんも、優しいお人柄で、安心して母を任せられそうです。

とてもよい印象を持って、帰りの車に乗りました。

「お母さん、とってもいいところじゃない。スタッフの人もあれなら安心だね」

「そうね、説明してくれた人は、嬉しそうに話していたわね」

母も、気に入ったようでした。これならきっとうまくいく。

母が気に入るかどうか、少し心配していた部分もありましたが、これならきっとうまくいく。

期待が確信に変わっていました。

夜、帰宅した史郎にも、今日の見学した結果を報告しました。

「とてもいいところだし、お母さんも気に入ったみたいだから、決めていいと思うよ」

話を聞いた史郎も安心した様子です。

ここ何年も、頻繁に実家に通い、父が入院してからは、毎日清瀬の実家に泊まっているのです。

「よかったな、もう、俺も疲れたよ」頑張ってくれていた兄が初めて漏らした言葉でした。

気の早い話ですが、入居の際に必要となる家具やその他、諸々のことを打ち合わせしました。

「入居の時の引越しや手続きは、俺に任せてもらっていいから」

普段、両親の面倒を見られない自分がとにかく頑張ろうという思いで、入居までの段取りをシミュレーションしていました。

「とりあえず、お母さんのほうは、方向性が決まったからひと安心だな」

久しぶりに兄弟で安堵感を感じることができました。

（6）ずっと、お芝居をしていくことは、できません

次の朝、朝食を食べ終えた母に、静かに言いました。

「そしたらお母さん、昨日行ったグループホームの人に電話をして、入れるように予約しようよ」

「グループホームって、昨日伸夫さんと一緒に行ったところでしょ」

「そうだよ、お母さんも気に入ったようだから、空いているうちに、予約したほうがいいよ」

「私が気に入ったって？」

「私は、あそこには、行かないわよ」

「えっ……」

全身の、血の気が引いていくのがわかりました。

言葉が出てきません。

「私は、あそこには、行きません。だって、ちゃんとこの家があるじゃない。

私は、あそこには、行きません。1人でこの家で暮らします」

頭を金づちで殴られたとは、こんなことを言うのでしょうか。

母の顔を見ながらも、話す言葉を聞いているだけで、ショックで動けません。

「仲夫さんは、私が気に入ったと思ったの？」

私の顔をまじまじと見て、母は言いました。

「だって、お母さんニコニコ聞いていたし、お話もしてたじゃない」

「なによ、私だって気を使って、ニコニコしていただけじゃない。あの人だって、私が聞いてくれると思って、どうでもいいようなことまで、べらべらしゃべって。私は、長年ケースワーカーをしていたから、若い頃に鍛えたおかげで、聞いていられたんじゃない。

なによ、私がお芝居をして笑っていたから、いい気になってべらべらしゃべって。あの人は、私が聞いてくれると思って嬉しそうに話していたけど、こっちはへとへとに疲れました。

あそこに入って、少しはお芝居できるけど、ずっとは続きません。私は、ずっとお芝居していくことは、できません」

返す言葉がありませんでした。母の言う通りでした。

管理者の山田さんは、決して母から非難されるような人ではありません。優しく、丁寧に、自分の経験談や、介護についての、ご自分なりの信念を語ってくれただけです。

相性の合う合わないは別問題としても、グループホーム入居に対する母の拒否的な態度は確固たるものでした。

母が芝居をして、自分を殺してまでグループホームに入ることは、それだけはしてはいけないことです。

守るべきものは、母の心の自由であり母の人権です。自由な気持ちでいられる生活です。認知症のためたとえ生活が困難でも、毎日毎日たくさんのメモをとりながら必死に生活していたとしても、芝居をしながら窮屈に生きていくよりは、この家にいたほうがいい。

たとえ食事の用意ができなくて、お弁当を食べる生活をしていても、グループホームで、他人に気を使い芝居をしながら生きていくよりは、この家にいたほうがいい。

これから先、どんなことが起こるか想像もできませんが、母が心の自由を求めるうちは、その気持ちを尊重するしかありません。

たとえ素晴らしい環境の施設であっても、囲われた鳥のような気持ちになったのでは、自由を奪われた気持ちになったのでは、それこそ母の認知症は急激に進むでしょうし、母は狂ってしまうでしょう。

そんな、人格的に痛めつけられた母を、できることなら見たくはありません。

今の母の状態では、グループホームへの入居は、時が違っていたようです。


母から本音を聞かされ、ガツンと殴られたようでした。

自分にとっては「大どんでん返し」でしたが、しかしこれは当然の結果であったかもしれません。

「実の息子ではあっても、母親の気持ちというのは上手に理解できないものだな」

短期間にかなり強引に進めた今回の施設入居の計画について、深く反省しました。

仕事から帰ってきた史郎に、今日の出来事、つまり大変な「大どんでん返し」の経過を報告しました。

「はあー、そうか」史郎は深いため息を漏らしました。とても、とても、重たいため息です。

まだまだ当分の間、史郎の闘いも続くのです。

「自分たちの母親のためだ。兄さんも頑張ってくれ」心の中で、健闘を祈るしかありませんでした。

狭山病院にいる父のもとにも報告に行きました。

昨日の経過を簡単に説明しました。父も困った表情をしていました。

「グループホームの件は、また来たるべき時が来たら、再度検討することにしよう」

すっきりとした気持ちで、父に言いました。

父は、困った反面、きっと、ほっとしているでしょう。

自分が退院して帰った時に、母が家にいてくれるのです。

それでいいのでしょう。

限界を超えても、また次の限界が来るまで、史郎の助けを借りながら2人で頑張ってほしい。

頑張ってくれ、東京のおじいちゃん、おばあちゃん。

第四章　ピンクのランドセル

（1）希望のランドセルを積んで

平成16年の年末、12月29日、お母さんの愛車イプサムで清瀬のおじいちゃん、おばあちゃんの家に向かいました。

お父さんと、錬、愛、百花、4人での出発です。お母さんも一緒に行きたかったけど、お仕事の都合で続けて休むことができないため、残念ながら最上町に残ることにしたのです。

今回は、年末年始を東京のおじいちゃんの家と、お母さんの妹である直美ちゃんの家にそれぞれ2泊する予定です。

朝7時、小雪が降る中、お土産をいっぱい車に積み込みました。ビン詰めにした竹の子や山菜、我が家でとれたおいしいお米、つきたてのお餅などなど。

そして愛ちゃんがおじいちゃんから買ってもらった、可愛い「ピンクのランドセル」も忘れずに積み込みました。おじいちゃんからもらったお金で買ったランドセルを初めて見せてあげるのです。

愛は4月から富沢小学校の1年生になります。ずいぶん前から、ランドセルはおじいちゃんに買ってもらうことになっていて、とても楽しみにしていました。

「この可愛いピンクのランドセルを見たら、東京のおじいちゃん、喜ぶだろうな」お父さんは、心からそう思いました。

お父さんは、この「ピンクのランドセル」にとっても大きな感謝の気持ちを持っています。

「愛のランドセル姿を見せられるまで、おじいちゃんが、生きていられますように」

お父さんは、ずっと前から、そう神様にお願いしていました。

無理かもしれないけれども、できることなら神様の力で希望をかなえてもらいたい、そういう気持ちでずっとお祈りをしていました。

その希望が今日、かなおうとしているのです。いつまであるのかわからない、おじいちゃんの命でしたが、今日、東京に行ったらランドセルを見せてあげることができる。

神様への願いが通じてよかった、ここまで生きていてくれてよかった、という感謝の気持ちでピンクのランドセルが、とてもいとおしく感じられました。

この「ピンクのランドセル」のお披露目の前には、とても厳しいハードルがありました。

今から3年前、錬が小学校に入学する前のことです。重い心臓の病気を抱えるおじいちゃんは、心臓の手術をしました。致死的な不整脈を電気刺激で取り除く除細動器を埋め込むという大手術です。これにより、どうにか突然心臓が止まってしまう危険は避けられたのですが、重度の心筋梗塞という病気の後遺症で、とても元気がありませんでした。

疲れやすかったり、足がむくんだり、少し歩いただけで息苦しそうにしているおじいちゃんを見て、お父さんは、いつも心配していました。

3年前、おじいちゃんの手術の時、「錬が生まれた時に祈ったお願いをかなえてください」と神様に真剣にお願いしました。

それは錬が生まれた時に願ったこと「この子が小学校に入るまで、なんとかそこまでは、父の命を守ってください」というお祈りでした。

心臓が弱っているおじいちゃんの手術には高い危険が伴います、とお医者さんから言われました。

一緒に手術の説明を受けたおじいちゃんも、難しい手術であることを承知の上で、手術を受けることを自分の意思で選びました。

おじいちゃんにとっては、とても大きな、生きていくための命の挑戦をしたのでした。

そんなおじいちゃんの姿を見て、お父さんも神様に真剣にお祈りしました。

「この子が小学校に入るまで、父の命を守ってください」いつも願っていたこの希望をかなえてくださいと。

そして、7時間に及んだおじいちゃんの手術は無事、成功しました。

除細動器という機械を心臓に入れたおじいちゃんは、一時的にではあるが元気を取り戻し、小学生になった錬の姿を見ることができたのでした。

約束していた通り、おじいちゃんは錬に、ピカピカの黒いランドセルを買ってくれました。黒いランドセルを持って清瀬のおじいちゃんの家に遊びに行って、錬のランドセル姿を見せてあげた時、お父さんはとっても胸が熱くなりました。

難しい手術をしてくれたお医者さんに心から感謝をして、それから、生きられる時間を与えてくれた神様に、心から感謝をしました。

このような高いハードルを越えた後、お父さんは思いました。

「私が望んだ、黒いランドセルの目標はかなえていただきました。とてもありがたいです。私としては十分であり、これ以上の望みはありません」

「しかし、できることなら、もう一度、望みをかなえていただきたい。次の、愛のランドセル姿が見られるまで、父の命を守ってください」と。

そして、今回の帰省で二つ目の目標がかなおうとしているのです。

愛ちゃんの「ピンクのランドセル」には、おじいちゃんに対するこんなお父さんの気持ちが込められているのです。

車の中いっぱいに積み込まれたお土産の中で、愛ちゃんの「ピンクのランドセル」はきらきらと明るい輝きを発して、なにか特別なランドセルであるかのように感じられました。

（2）最後のお正月

東北自動車道は途中の福島あたりから、大雪になった。雪道の運転は慣れてはいるが、雪の高速道路はかなり緊張する。50キロ規制の中、ゆっくりと走りながら、休憩をとりながら9時間かけて清瀬のおじいちゃんの家にたどり着きました。

家で待っていたのはおばあちゃん1人。おじいちゃんは埼玉医大病院に入院中で、年末の今日、自宅に退院予定になっていました。

今回の入院では、3年前に入れた除細動器を補うために両室ペースメーカーという器械を入れる手術をしていました。

1回目の手術は9時間もかかったのに成功せず、2回目のチャレンジをしたのです。幸い2度目のチャレンジで両室ペースメーカーの埋め込みに成功したのですが、体力的にかなり消耗したために、歩くことも大変で車椅子に乗っていました。

そんな状態でしたが、お医者さんから退院の許可が出て、12月29日の今日、退院する運びとなりました。

お父さんたちが清瀬に到着してから間もなく、おじいちゃんと史郎君が帰ってきました（我が家では兄を史郎君と呼んでいます）。

「おじいちゃん、お帰りなさーい」子供たちの明るい声に迎えられて、おじいちゃんは嬉しそうに、住み慣れた清瀬の家に帰ってきました。

「退院できて、よかったね」一段と弱った、痛々しいおじいちゃんの姿でしたが、とにかく、待ち望んでいた自宅でおじいちゃんと再会することができて、お父さんも本当に嬉しかった。

「これから迎える正月は、おじいちゃんにとって、最後のお正月になるかもしれない」こんな思いが胸の中で膨らんでいました。

「孫たちの顔を見せられるのも、きっと最後のチャンスになるに違いない」まだ生きていられると思おうとする強い期待感に反して、これが最後だぞという、なんとも言えない確信めいた気持ちがどうしても大きくなってしまいます。

「おじーちゃん、これ、愛ちゃんのランドセル」

愛が、少し照れ笑いをしながら、おじいちゃんにピンクのランドセルを見せてあげました。

「愛ちゃん、ランドセル背負ってさ、おじいちゃんに見せてあげてよ」

「うん」

愛がランドセルを背負う姿を、おじいちゃんはとても嬉しそうに見守っていました。

「愛ちゃん、立派な1年生だな」久しぶりに見せた、おじいちゃんの笑顔。

その時のおじいちゃんの笑顔は、弱々しい病人の笑顔ではなく、若かりし頃の力強くて温かい、かっこいいおじいちゃんの笑顔でした。

「よかった、ここまでこられて本当によかった」

「1人、心の中にしまっていた大きな目標をどうにか達成することができた」

お父さんは、こんな思いでいっぱいでした。

愛の得意そうな笑顔、おじいちゃんの懐かしい元気な笑顔を見て目頭が熱くなった。

「また、涙が出てきた」お父さんは、急いで2階に行って、あふれてくる涙をふきました。

可愛い孫たちと過ごした年末、そして平成17年のお正月は、おじいちゃんにとって、とても幸せな時間であったろうと思う。

何気ない日常の孫たちの姿は、日頃離れて暮らすおじいちゃんにとっては、どんなにか可愛らしく映ったことでしょう。

一時的に退院を果たしたおじいちゃんでしたが、やはり体調が思わしくないのでしょう、座っているだけでも苦しそうだし、食欲もない。なんといっても生きている人間としての精気がまったくない様子でした。

「きっと、すぐに再入院になるだろう」

予想通り、山形に帰った5日後、1月7日に状態が悪くなり埼玉医大に再入院となりました。年末年始にかけて、わずか9日間の自宅生活でした。

長年暮らした我が家でのお正月。短い時間ではありましたがおじいちゃんにとっては掛け替えのない大切な時間だったと思います。

たくましい少年に成長した錬の姿、ピンクのランドセルを背負った愛の姿、元気に遊びまわる百花の姿、こんな素晴らしい宝物を最後のプレゼントとしておじいちゃんに贈ることができました。

君たちの可愛らしい姿を見て、優しく微笑んでいたおじいちゃんの笑顔。お父さんはずっと忘れることはないでしょう。

第五章　生きることに挑戦した東京のおじいちゃん

（1）君たちの記憶の中に

今から何年か経って君たちが大きくなった頃、錬と愛と百花の記憶の中に、東京のおじいちゃんはどんなふうに残っているのでしょうか？

清瀬の家でおじいちゃんに会ったこともあれば、病院にお見舞いに行っておじいちゃんに会ったこともあります。

ただ、せっかくお見舞いに行っても、病室ではいつも退屈そうにしていたから、面会した記憶よりも埼玉医大にあるマクドナルドでハンバーガーを食べた思い出のほうが、きっと楽しくて思い出すかもしれないね。

東京のおじいちゃんについて、君たちの心の中にどんなことでもいいから思い出に残っていることがあったなら、お父さんはとっても嬉しく思います。

「君たちの記憶の中におじいちゃんがいること」これがお父さんにとっての大きな目標だったから。

平成8年の12月に錬が生まれた時、お父さんは思いました。

「この子が、自分自身の記憶に残るまで、おじいちゃんが元気でいてくれたらいいな」って。

お父さんは1歳の誕生日を迎えたばかりの錬を連れて、新幹線でおじいちゃんの家に遊びに行きました。田舎に住んでいる我が家の子供は、生まれて初めて乗る電車が新幹線。なんとも豪華と言うかうらやましい限りです。

それからというもの、年に何回も新幹線「やまびこ」に乗ったり「つばさ」に乗ったりして東京に遊びに行きました。

2年後、平成10年の9月に愛が生まれた時にも、お父さんは思いました。

「この子が、自分自身の記憶に残るまで、おじいちゃんが元気でいてくれたらいいな」って。

3歳になった錬と1歳の愛を連れて何回も東京のおじいちゃんのところへ遊びに行き

ました。

子供たちが成長していく姿を見せたくて、登山用の大きなリュックサックを背負い、片手で錬の手を引いて、片手で愛を抱っこして、電車を乗り継いで清瀬の家に通いました。新幹線の中で大泣きされたり、荷物で両手がふさがっているのに「抱っこ」と言ってごねられたり、お父さんも泣きたくなったことが何回もありました。

その2年後、平成12年の8月、百花が生まれました。その時もお父さんは思いました。「この子が、自分自身の記憶に残るまで、おじいちゃんが元気でいてくれたらいいな」って。

1歳になった百花を東京に連れて行きたかったけど、3人を一緒に連れて行くことはできません。3人一緒に眠られたら、みんなを抱っこできないからです。

それからは、3人のうち順番で2人ずつ、おじいちゃんのところへ遊びに連れて行くことにしました。

少し大きくなると、自分の意思もはっきりしてきて「東京に行きたくない」と言うようになりました。

困ったお父さんは、なんとかその気にさせようと、東京タワーや上野動物園、航空公園や西武遊園地、おいしいレストランや回転寿司をオプションにして、だましだまし、苦労して君たちを東京に連れていきました。

遊びに行くたびに、日々成長している君たちの姿を見て、おじいちゃんもおばあちゃんもとても喜んでいました。

そして今年、平成17年の1月におじいちゃんが亡くなるまで、おじいちゃんとの思い出をたくさん作ってくれたように感じています。

おじいちゃんにとっては、きっと、この上ないプレゼントになったことでしょう。

そして、お父さんの心の中の大切な目標、「君たちの記憶の中におじいちゃんがいること」、このことを達成できたように感じています。

おじいちゃんのお葬式の後、一足早く山形に帰った君たちの思いを、お母さんが記録してFAXで送ってくれました。

君たちが感じた、おじいちゃんへの思いを、お母さんが聞き取って書き留めてくれたものです。

この貴重な君たちの気持ちは、おじいちゃんにきっと届いていると思います。お母さんが送ってくれたＦＡＸをおじいちゃんの写真の横に飾ってあげました。
小さい頃に感じた君たちの思いを、あらためてここに紹介しましょう。

（2）おじいちゃんが死んで思うこと

おじいちゃんが死んで思うこと　　1月28日（金）
妻、和歌子が子供の言葉をメモする
（隆二　平成17年1月24日死亡　25日通夜　26日告別式）

愛（6歳）
悲しかった。おじいちゃんがね、亡くなってさみしかった。いっしょに遊べなくなってさみしかった。それからね、おじいちゃんが骨になって、ほんとにほんとにさみしかった。なみだもでた。

百花（4歳）

かわいそう。そしてね、骨になってかわいそうだから。なんかね。楽しかった。おじいちゃんと遊んだこと、楽しかった。あとはないよ。

錬（8歳）

自分でもなんだけど、あんまりさみしくなかった。だって、おじいちゃん、おしゃか様になってえらい人になったから。男は泣かないって言うよ。おじいちゃんにたくさん会えてよかったと思う。おじいちゃんも、うれしそうな顔をして死んでくれたからよかったと思う。

うーん、あとは、おじいちゃんの骨がきれいで、たくさん残っていてくれてよかった。おじいちゃんとたくさん遊んだり、しゃべったり、お手紙とか、さよならとか、いろんなことが言えたことがとってもうれしかった。おじいちゃんがお花とかに囲まれててよかったし、お花畑で遊んでいるように見えた。あと、顔が笑っていた。

おじいちゃんが、たくさんの友達や親戚の人やたくさんの人に囲まれて、とてもうれしそうだと思いました。

おじいちゃんに、たくさん花をあげたり、たくさんお線香あげたり、たくさんさよならを言えたことがうれしかったです。

おじいちゃんは若いうちに死んじゃったけど、たくさん思い出ができたのでよかったと思いました。おじいちゃんに1歳前から会えて楽しかったです。おじいちゃんに最後まで会えたことがうれしかったです。

おじいちゃんが、とってもうれしそうな顔をしていたのがよかったです。おわります。

百花
毎日遊んでくれてありがとう。そして、百ちゃんと遊んでくれてありがとう。くまといっしょに遊んでくれてありがとう。そして、いっぱいくれてありがとう。

あとは、骨になったらかわいそうだなと思って、ふしぎだなーと思って。おじいちゃんかわいいなぁと思って。

あとは、ママもいっしょに行って、おじいちゃんも楽しいかなぁと思って。

ランドセル、おじいちゃんに買ってもらえなくなる、どうしよう。

うれしいなぁとおもって、いっしょに遊んでくれて。天国にいったら、かわいそうだなぁと思って。

錬

おじいちゃん、いま、どういうしゅぎょうをしているかなぁと思って、おしゃか様よりえらくなれるといいな。日本一のおしゃか様になれたらうれしいです。死んだとき、とってもうれしそうな顔をしていて、とっても安心しました。

そして、おじいちゃんにとっても大事にされたり、いっしょに遊んでくれたことが楽しかったです。

おじいちゃんが天国で幸せになってくれることをいのっています。おわります。

愛

おじいちゃんが死んだら、いろんなお話できなくてさみしいけど、天国でニコニコ笑ってたらいいよ。おじいちゃん、幸せになれるよ。だって、年をとったらみんな死んじゃうんだもん。天国にいっても、愛ちゃんたちの近くにスーッといるからあんぜんにしていてください。

だから大丈夫だよ。おじいちゃんがいなくなっても、おしゃか様とお話できるし、おりがみも折れるし、いろんなことおしゃべりして遊んだりできる。だから大丈夫だよ。

だって、なんでかっていうと、愛ちゃんたちはかぞくにいますから。みんなのいのちはだいじだよ。愛ちゃんと百ちゃんが絵本もよんであげるから。

錬

おじいちゃんが、僕のそばに毎日いることをいのっています。あと、僕んちの家族をおじいちゃん、みまもっていてください。そして愛ちゃんはきかなしだけど、みまもっていてください。

あとは、百花はかわいいけどちょっと泣くところがあるけど、おじいちゃん2人をみまもってください。あとは僕も、みまもってください。

そして愛が大きくなったらおよめさんにいけるようにお願いします。あと、百花も愛と同じようにお願いします。あと、おじいちゃん、天国でいつまでも、みまもっていてください。

おじいちゃん、家族を天国でいつまでもいつまでも、みまもっていてください。あと、おじいちゃんも天国でたくさんお友達をつくってください。僕もそう思っています。

あと、もう一つお願いします。それは百花のことです。

すこしおっちょこちょいだけど僕の妹なので、かっこいい男の人といっしょになれますように。おじいちゃん、ぶじに天国に行けるように願っています。

子供たちが思いのままに言ったことをいそいでそのままメモしました。小さいながらもそれぞれがしっかりとおじいちゃんのことをこんなふうに思っていたのだと……すごく感心しました。（和歌子）。

（3）生きるための挑戦1

おじいちゃんの家で、お葬式の後のいろいろな整理をしている時、お母さんが君たちの言葉をFAXで送ってくれました。

「こんなにたくさん、おじいちゃんのことを思っていてくれたんだ」お父さんは感動しました。

嬉しくって涙が出ました。おばあちゃんも何度も何度も読んで泣いていました。

4歳の百花は、「ランドセルをおじいちゃんから買ってもらえない」と、とっても心配したんだね。その気持ち、とってもよくわかります。ランドセルは錬も愛もおじいちゃんから買ってもらったからね。

大丈夫、安心してください。お父さんから、東京のおばあちゃんに頼んであげるから。お店で一番かっこいいランドセルを買ってもらえるようにお願いしてあげます。

それにしても、君たちの言葉を目にして、とても不思議に思うことがあります。

みんな、亡くなったおじいちゃんが自分たちのそばにいてくれる、ということを感じてくれているからです。お父さんもお母さんもそういう話をした記憶はないけれど、おじいちゃんの魂の存在を身近に感じてくれていることがとても不思議です。

「君たちの記憶の中に、おじいちゃんがいること」こんな勝手な願いを持っていたお父さんにとっては、もうこれ以上ないほどに嬉しいことです。

そんな願いをかなえてくれた神様や仏様に感謝しなければならないし、そして、小さいながらにおじいちゃんに優しい心をプレゼントしてくれた君たちに、心から感謝しなければならないと思います。錬、愛、百花、本当にありがとう。お父さんもお母さんも、とっても嬉しかったです。

これから、生きることに挑戦した東京のおじいちゃんの姿を君たちに教えてあげようと思います。

とっても元気だったおじいちゃんが病気になったのは今から15年前、おじいちゃんが58歳の時でした。心臓の周りを囲んでいる血管が詰まって血液が流れなくなってしまう心筋梗塞という病気でした。

救急車で近くの防衛医大に行き、緊急手術を受けたおじいちゃんは、どうにか一命を取り留めました。しかし血管が詰まったために、心臓を動かしている筋肉の半分以上が死んでしまいました。

「心臓の働きは元気な人の半分以下です」とお医者さんから言われました。

しばらく入院して元気になったおじいちゃんは、清瀬療護園という障害者施設の施設長の仕事に戻り、また働き始めました。

しばらくして、清瀬療護園の園長の仕事から、障害者施設をたくさん運営している法人の理事長の仕事に替わり、一段と忙しく働くようになりました。

60歳を過ぎたのだから、年金をもらってのんびりゆっくり生活してもよかったのに、きっとやるべき仕事があったのでしょう、法人の仕事にとても意欲的に取り組みました。

普通の人の半分以下の働きしかできない心臓で、普通の人の2倍や3倍もの仕事をしていたのだから、当然体にも無理がかかります。

弱っている心臓の働きがだんだんに悪くなり、不整脈が起きたり心不全が起きたりするようになりました。

おじいちゃんが68歳の頃でしょうか、心臓の状態が急に悪くなり、救急車で病院に運ばれました。

「おじいちゃんが危ない」山形のお父さんのところにも連絡が入り、夜、高速道路で急いで東京に向かうことになりました。

「東京のおじいちゃん、具合が悪いから、パパ、東京に行ってくるね」

急いで東京に向かおうとしているお父さんに、

「僕もいっしょに行く」と保育園の年中児だった錬が言ってくれました。

小さくても、たくましく成長した錬を車に乗せて、おじいちゃんの病院に向かいました。

この時を境にしておじいちゃんの心臓は一段と悪くなり、入院と退院を繰り返すようになりました。

「死に至るような、重症といえる不整脈が何回も起きるので、突然死んでしまう可能性がありますよ」と、お医者さんから言われていました。

しかしおじいちゃんは、ここからさらに奮起して、生きるための挑戦を始めました。心臓の手術を受けることにしたのです。「除細動器埋め込み術」という大手術でした。心臓に機械を入れて、不整脈が起こった時に電気で不整脈を治すというもので、大きな病院でしかできない手術でした。

埼玉医科大学に転院したおじいちゃんは、難しい手術を受けました。おじいちゃんの生きようとする意志と優秀なお医者さんの頑張りで手術は見事成功しました。

ただ、手術後のお医者さんの説明によると、手術は成功したけど、おじいちゃんの心臓の働きは普通の人の35パーセントくらいです、と教えてくれました。

退院したおじいちゃんは、またまた、忙しい仕事に戻りました。お父さんが、仕事を辞めてゆっくり生活することを勧めてもききませんでした。

とても責任のある仕事をしていたので、すぐに辞めることができなかったようです。

心臓に入れた機械のおかげでどうにか仕事を続けていましたが、ときどき状態が悪くなって、入院したり退院したりの生活となりました。

「おじいちゃんが倒れて救急車で運ばれた」去年の夏、お父さんのところに連絡が入りました。お医者さんの説明では、以前入れた除細動器の働きも限界である、ということでした。

おじいちゃんとお医者さんは相談して、また手術をすることにしました。

今度は、両室ペースメーカーという機械を心臓に埋め込むものでした。

(4) 生きるための挑戦2

弱っている心臓には危険がある手術ですが、おじいちゃんは再び、生きるための挑戦をしました。この時の手術は9時間もかかりました。しかし、残念ながら手術はうまくいきませんでした。

働きの落ちた心臓に対する手術は困難だったようです。

それでもおじいちゃんはあきらめませんでした。体力の回復を待って、もう一度、手術を受けることを選びました。

「そんなに頑張らなくてもいいのに」お父さんは思いましたが、おじいちゃんは生きるための挑戦を続けました。

1回目の手術が終わってから2ヵ月後、2回目の手術で、今度は両室ペースメーカーという機械を埋め込むことに成功しました。おじいちゃんの生きようとする思い、強い執念があったから、乗り越えられたように思いました。

この頃、病院で書いたと思われる、知人に宛てた手紙には次のような文面がありました。

「今年は、両室ペースメーカーという器機を埋め込むために、11月8日、埼玉医大に入院しております。この大学は心臓移植もできる高度な医療水準を持っており私も信頼しております。可能であれば手術目的を達し、次男の住む最上町や○○氏にもお会いしたいと願っております。ご健勝を祈っています。2004・11・18　敬具　大塚」

「○○様、……。ところで小生、11月8日、埼玉医大に入院しております。目的は9月入院時チャレンジした両室ペースメーカーの埋め込みが、9時間かけたのですが、第2・第3番目のリード線留置ができず中止、今回は再チャレンジの為の入院です。この手術の目的は、再三発症する心不全の予防です。服用も入院生活も飽きてしまいましたが、途中ギブアップするのも性に合わず、ともかく、医療を信頼するつもりです。それでは、ご健勝を祈っております　敬具　大塚」

この手紙は、おじいちゃんが亡くなった後にお父さんが見つけたものです。

「可能であれば、手術目的を達し、次男の住む最上町や○○氏にもお会いしたい……」

「……途中ギブアップするのも性に合わず、ともかく、医療を信頼するつもりです」

おじいちゃんは、どんなに体がつらくても、希望を持って、生きるための挑戦を続けました。

「途中ギブアップするのも性に合わず……」この言葉を読んで、お父さんの目から涙が止まらなくなりました。

本当におじいちゃんは頑張れる人でした。お父さんはおじいちゃんの子供だけど、おじいちゃんみたいに頑張れる人ではありません。

お父さんだったら、途中で、「もう死んでもいいや」と、きっと思うに違いありません。

「なんでおじいちゃんは、こんなに頑張れるのだろう？」生きるために挑戦して、頑張れる気持ちを持ったおじいちゃんを、お父さんは心から尊敬しました。

2回目の手術が成功したおじいちゃんは、12月29日に退院することができました。

この時は山形から、みんなでおじいちゃんの家に遊びに行きました。

4月から1年生になる愛は、おじいちゃんから買ってもらったピンクのランドセルをお土産に持っていきました。ピンクのランドセルを背負って見せてあげると、おじいちゃんは本当に嬉しそうにしていました。

年が明けて、1月7日におじいちゃんは具合が悪くなり、また入院しました。

「もう、自宅に帰れないのでは」お父さんは嫌な予感を感じ始めていました。

病院の治療で少し元気になったおじいちゃんでしたが、1月24日の朝、安らかに亡くなりました。

(5) 生きる希望を持ち続けた人

おじいちゃんが亡くなる前の日1月23日、病院の集中治療室でお父さんはおじいちゃんと、とても大切なお話をしました。

「状態が急に悪くなった時、人工呼吸器をつけたり、電気ショックをしたり、心臓マッサージをすることを、望んでいるの」涙をふきながら、お父さんはおじいちゃんに聞きました。

おじいちゃんは、かすかに笑って、酸素マスクをはずしながら、首を横に振りました。

「万一の急変時には、延命措置をしないで、自然経過でいいんだね」

お父さんが確認すると、おじいちゃんは、首を縦に振りました。

歯をくいしばって、涙をふいて、大きく深呼吸して、お父さんはお医者さんにお話をしに行きました。

静かな部屋で、お父さんはお医者さんにおじいちゃんの意思を伝えました。

「急変時の対応について、本人および家族の意思として、延命措置は行わないこと」

「痛みや苦しみを和らげる治療は行ってもらうこと」

このことについて、お医者さんとしっかりと確認の話をしました。

お医者さんは、おじいちゃんの心臓の働きは普通の人の14パーセントに落ちていることと、かなり限界に近づいていることを教えてくれました。

「人工呼吸器などの医学的管理をしなければ、死は、とても近いですよ」言葉には出さなかったけれど、お医者さんの目がそう言っているのが、お父さんにはわかりました。

一瞬、お父さんは、迷ってしまいました。これでいいのだろうか？

今、お父さんがしていることは、おじいちゃんの命を縮めることをしてしまっているのではないだろうか？　ぐらぐらと気持ちが揺らいでしまいました。

そんな思いを振り払い、「おじいちゃんの人生に悔いはない。頑張りすぎるくらい、頑張ったじゃないか」そう自分に言い聞かせて、書類に署名をしました。

病室に戻ったお父さんは、お医者さんとの話をおじいちゃんに報告しました。

「伸夫は気が早いな」とでも言いたそうに、おじいちゃんは笑顔でした。

「カバン、とって」なにを思ったか、酸素マスクをはずして、おじいちゃんは愛用していた入院カバンを指さしました。

カバンをとってあげると、中から3枚の資料を取り出しました。

そこには、清瀬の近くにある病院や施設のリストが載っていて、赤ペンでしるしがしてありました。

「うちで生活するのは難しそうだから、しるしをつけたところを、少し調べておいて」

こんなことを言いました。

認知症のおばあちゃんを心配して、2人で入れそうな病院や施設を調べるように、お父さんに指示したのでした。

明日にでも死にそうなおじいちゃんを目の前にして、必死で涙をこらえているのに、おじいちゃんがあまりにも冷静な態度でいるので、正直困ってしまいました。

「お父さん、今は、そんな先の話をしている時じゃないよ」喉まで出かかった言葉をぐっとこらえて、

「しるしをつけたところだね、わかったよ、しっかり調べておくからね」と、おじいちゃんを安心させてあげました。

「お父さん、今まで本当にありがとう。俺は、お父さんの子供として生まれて、本当によかったと思っているよ」おじいちゃんにそう伝えたかったけど、言葉にできなかった。

「まだ、生きていられるかもしれない。来週お見舞いに来た時に、またおじいちゃんに会えるかもしれない」もうだめだという思いと、まだ大丈夫だという思いがぐちゃぐちゃに入り混じっていました。

「また、来週の土日に来るからね」

「頑張ってね」

「それから、錬がさ、夏休みに書いた絵で、賞をとったからね」

「農協の中央会長賞とかいう賞で、県知事賞の次にいい賞だって言ってたよ」

これが、おじいちゃんとした最後の会話でした。次の日の朝、おじいちゃんは安らかに亡くなりました。

きっと、亡くなる前の日になっても、「自分はもう死ぬんじゃないだろうか」とは、思わなかったのでしょう。

状態を持ち直し、どこかの病院でおばあちゃんと一緒に療養生活をしようと計画していたようでした。

「途中で、ギブアップするのは性に合わず……」自分の言葉の通りに、最後の最後まで生きる希望を持ち続けることができた人。それが、東京のおじいちゃんという人でした。

「なんで人間は生きているの？」天国のおじいちゃんに質問してみてはどうでしょうか？

おじいちゃんはきっと、優しい笑顔でお話をしてくれる、とお父さんは思います。

第六章　愛する人がいるから、生きていたい

(1) おじいちゃんからの手紙

東京のおじいちゃんが亡くなってしばらく経った頃、おじいちゃんの遺品の中に家族へ宛てた手紙があったのを見つけました。

この本のはじめのほうに書きましたね。おじいちゃんが近くのゴミ置き場までゴミを捨てに行った時、意識を失って道で倒れ、救急車で病院に運ばれたというお話。

この手紙はその頃に入院先のベッドの上で書いたようでした。大きな手術を受ける前なのでやはり不安もあったのでしょう。

「ことが起こる前にお母さん（雅さん）へ思い出の記を書いたところです。そして史郎と伸夫にも気持ちを残すことがよいと考え筆をとったところです」

手術を行うための術前検査の前、そしてその検査が終わった次の日にお父さんとお母

さんへ手紙を書いてくれたようでした。
筆ペンで書かれたおじいちゃんの手紙は次のような内容でした。

伸夫へ
平成16年9月11日朝　埼玉医大にて
「現在の隆二の心境」

伸夫も知っているように、8月11日の夕方7時過ぎ、家の前の路上で倒れて救急車で狭山病院に運ばれ、8月24日朝6時頃初めて「除細動器」が発動した結果、9月3日埼玉医大へ転院。本日9月11日午後、今後の治療方針を確定するための予備検査、カテーテル検査をこれから実施する予定です。

さて、今回の入院は隆二の心臓機能にだいぶガタが来ており、「除細動器」が発動したこともその事実を示しております。したがって、急にことが起こるかもしれない身体であることは自覚しなければならない現実です。

したがって、ことが起こる前にお母さん（雅さん）へ思い出の記を書いたところです。

そして、史郎と伸夫にも話したいこと、気持ちを残すことがよいと考え筆をとったところです。

伸夫に先ず伝えたいのは、お母さんの伸夫についての気持ちです。

お母さんあての手紙にも書きましたように、伸夫の出生後、お母さんの伸夫に対する母親としての懸命さには、ただただ頭の下がる思いです。

しかし、君江さんの娘らしくその苦労を人に話すことなど一切なく、特に伸夫に対してはあっけらかんとした対応をしていました。

しかし隆二には、若い頃はそうでもなかったのですが、50歳を過ぎてから、そしてここ数年記憶障害が進んでからは、あの伸夫が40キロのマラソンに参加した、仕事も家庭も幸せそうだと、何回も何十回も何百回も思い出話をしてくれています。

隆二としては、お母さんの心情を察すると「お袋さんとはすごいなー」と思う一方、ある種の切なさを感じています。

隆二は伸夫が知っている様に、今まで仕事に夢中になり結果的に家庭を顧みず過ごしてきたこと、特に元気な頃のお母さんと今のお母さんを比べると反省は遅いのですが、これからは少しでもお母さんとの生活を続けていきたいと願っています。

したがって伸夫も史郎も可能なかぎりお母さんに今までどおり優しく接してもらいたいし、史郎とも可能な限り連絡を取り合って仲よくしてください。
そして、当然のことながら伸夫の家族、和歌子さん、錬君、愛ちゃん、百花ちゃんとは本当は、もっともっと会う機会が多ければ、と思います。しかし、お母さんの病気、隆二の病気が主な理由で会う機会が少なかったのですが、思い返してみると場面、場面でみんなに会うことができたことはとても幸せなことであり、感謝しなければならないことであると思っています。

大塚隆二

「想い出のままに」
平成16年9月12日　埼玉医大にて
大塚隆二
和歌子様

伸夫から聞いていると思いますが、昨日11日の午後、両大腿下肢動脈よりカテーテルを入れ（2人の医師が同時にとりかかり）電気的検査を行い、所要時間は約4時間でしたが無事に終了することができました。

検査後は両下肢を延ばした姿勢で約6時間の安静、以後ベッドでの安静でした。

さて、今回の私の入院騒ぎの原因は、もちろん不整脈、そして狭山病院に入院中の朝6時頃心房細動が再発、初めて「除細動器」が発動して命を取り留めたようです。結果的には9月3日埼玉医大へ転院し、前述したような手術を行う計画です。

さて、和歌子さんと我々夫婦が出会ってから、ずいぶん時間が経過しました。

結婚前に故山科氏と一緒に金沢方面へ旅行したこともいまだ記憶に新しく残っています。

そして、結婚前に最上町を訪問、和歌子さん祖父祖母、父母、そして親戚の代表的な方ともお会いして結納式的な席が設定されており、非常識な我々夫婦は少々おどろいたものでした。

結婚式は今でも忘れられない記憶です。そして伸夫が最上へ移り住み、私生活も仕事も順調に行っており、我々夫婦はかげながら喜んでいました。

そして、錬君、愛ちゃん、百花ちゃんとも初孫として会うことができ、我が子とは違って可愛い存在でした。

ただ一つ、私自身の病気、心筋梗塞、そしてその後の心不全等に自分でも予想しなかったほどの身体状態の変化に見舞われ、そしてその上に雅さんの病気の発生が重なり史郎にも伸夫、そして和歌子さんや最上の皆様にご心配をかけてしまいました。

しかし、そうは言っても、私も雅さんも元にもどる病気ではなく、可能な限り現代の医療に守られながら、また史郎、伸夫、和歌子さんの応援を受けながらそれなりにこれからの生活を送っていきたいと考えております。

私は自分でも不思議に思えるくらい楽観的に考えるタイプのようです。

自分の心臓がかなりきびしい局面にあることを医師から十二分に説明を受けたのですが、しかし今の私の、おおげさに言えば、唯一の心配、気がかりは雅さんのことです。

私は考えてみると若い頃、そして結婚、史郎、伸夫が生まれた以後も私生活の上でも仕事のことでも、雅さんに十分相談することをしないで、自分の好き放題に生きてきたことを自覚しています。

その点伸夫は自分の子供ながら親父に似なくてよかったと思っています。

ですから、近年の雅の懸命に生きている姿勢を見ていると、正直言ってつらい思いもあり、むしろ切ない気持ちになることが多いのです。

このような意味でも、史郎、伸夫、そして和歌子さんが我々を応援してくれていることに大いなる感謝をしていること、よく雅とも話し合っています。

そして、伸夫、和歌子さん、錬くん、愛ちゃん、百花ちゃん、そして皆様のご多幸を祈っています。

大塚隆二

おじいちゃんは、こんな手紙をお父さん、お母さんに残してくれていました。

自分の命の時間に不安を感じながらも、生きている間に、そしてこれからもおばあちゃんを支えながらともに生きていきたい、と心の中で祈りながら、手紙を綴ってくれたのでしょう。

おじいちゃんは書き残してくれました。

「思い返してみると場面、場面でみんなに会うことができたことはとても幸せなことであり、感謝しなければならないことであると思っています」と。

おじいちゃんの言葉、お父さんはとても嬉しかったです。おじいちゃんにとって、君たち3人の孫たちは、目の中に入れても痛くないほどに愛らしく、かけがえのない存在であったに違いない。そんな君たちの成長していく姿をおじいちゃんに見せたくて、お父さんは君たちを連れて清瀬の家に、入院している病院に、会いに行きました。

そんなお父さんの気持ちをおじいちゃんはきっと喜んでいてくれたと思います。

「ほんのわずかの後悔もしないように、1度でも多く子供たちを連れて行こう」君たちを抱え、気合いを入れて通ったおじいちゃんの家までの道のり。今ではとても懐かしく感じています。

そしておじいちゃんが喜んでくれたことで、君たちの記憶の中におじいちゃんがいてくれることで、これ以上お父さんにとってありがたいことはなにもありません。

(2) おばあちゃんへの手紙

おじいちゃんはおばあちゃんにも長い手紙を残していました。おばあちゃんをいたわり、おばあちゃんに対する深い愛情が込められた内容が綴られていました。少し長い手紙ですのでその一部を紹介しましょう。

「想い出の春」
平成16年9月9日より　埼玉医大にて
大塚隆二
大塚　雅さんへ

昭和三十一年四月、当時渋谷区原宿にあった日本社会事業大学研究科の同じクラスにいた雅さんと初めて会った訳です。もっとも初めのうちは雅さんと話す機会はなく、むしろ隣の席にいた加賀さん（3歳歳上）元看護婦と話す機会が多かった。それがいつの間にやら加賀さんを中心にして雅さんと話すようになったように記憶しています。

ともあれ、私のほうから一方的に付き合いを始め、一方的に滝乃川の大塚ツル（お袋）や正立兄夫婦の家に連れて行き、みんなに紹介したものでした。

卒業間近になり、隆二の気持ちの中に、雅さんが卒業後北海道に帰ってしまえば二度と会うことが出来ないのではないかと思い、一方的に押しかけ女房ではなく押しかけ「だんな」のような形で、中野のスラムの様なアパートに住み着きました。

正式な結婚式の話も1、2度したように思いますが、当時は2人とも形式を軽んじる傾向があり式は挙げませんでした。社会事業大学の友人有志がパーティーを開いてくれました。

卒後、隆二は整肢療護園に、雅さんは三鷹の病院（篠原）へMSW（医療ソーシャルワーカー）として勤め始めました。

家のほうは、中野には6ヵ月くらいで吉祥寺に転居（アパート）、しかし雅さんは篠原病院には2年間で退職、新宿日赤病院へ移りました。したがって我々も東大久保のアパートを借りました。

以後、日赤に数年勤めた後、やっと東久留米の都営住宅に当たり、東久留米に転居。

昭和三十八年四月には史郎が生まれました。

史郎が生まれた時に隆二は整肢療護園の当直勤務。雅さんは夜中に、東久留米駅のタクシー乗り場まで1人で歩いていき、新宿日赤へ入院し史郎が生まれた訳です。

隆二がこのことを知ったのは、当直の翌日は出張のため外出、午後になって整肢療護園に帰ってから、他の職員に「おめでとう」と言われ、初めて史郎の誕生を知った訳です。後で雅さんより聞いたように記憶していますが、「隆二さんは仕事」と割り切っており、知らせるつもりはなかった、という話でした。その時も今でも雅さんの根性に感心するとともに、反面、雅さんが心細かったろうなと、隆二としてはつらい気持ちです。

昭和40年11月、伸夫が生まれた時は今度は隆二も一緒にタクシーに乗り、所沢の国立病院に入院、伸夫が生まれたわけです。

ところが伸夫は赤ちゃんの乳児時代、生後1週間頃からお乳を飲まなくなり、雅さんは哺乳瓶のミルクを一滴一滴ずつ伸夫に飲ませていたのでした。

近くの山崎医院にも受診したのですが、なんの対応もなく伸夫はみるみるやせ細り小さくなってしまいました。

知人（整肢療護園）の紹介で板橋日大の馬場教授の診察を受け、そのまま日大に入院、雅さんは付き添いで一緒に入院。

雅さんの話では、小児科医のほとんどは伸夫は死ぬものだと思っていたらしい。

しかし、雅さんは相変わらずもくもくと哺乳ビンからミルクを一滴一滴伸夫に飲ませていたようです。

そして入院後10日過ぎる頃から、伸夫は自分の意思でミルクを飲むようになりました。医師の説明によると、赤ちゃんなりに「飲む」という意思が生まれたのではという話でした。

ミルクを飲まなかった原因は、口の中の呼吸する部分と食べ物を飲み込むところの幅が狭く、そのためミルクを飲むと呼吸ができないで苦しくなり、結果的にミルクが飲めないというものでした。

そのような中でもミルクを一滴一滴飲ませていることが成長につながり、呼吸と食べ物を飲み込む機能が成長し、命を取り留めたことにつながったわけです。

このことを雅さんは独り心に秘め、隆二にはときどき思い出話をしていますが、特に伸夫がマラソンに参加した時は「あの伸夫が42キロのマラソン」に参加したと喜んでいました。

そして8年前より記憶障害（アルツハイマー）と診断され記憶の障害が少しずつ進む中

でも何回も何十回も、そして何百回もことあるたびに赤ちゃんの時の伸夫の心配を現在の伸夫の健康幸せを見て、母親としての喜びを隆二に話をしてくれます。

隆二としては「その話は以前も聞いた」というような気持ちはまったくなく、母親としての願い、想い、を本当に感心し、女房ながら感銘を受け、かつ、せつない思いも重なり、複雑な思いでいつも聞いています。

伸夫の乳児期の心配は、父親としての隆二としては「落ち着け、落ち着け」と自分では可能な限り冷静を保ったつもりでしたが、ある時ふっと気がついてみれば、この間2歳過ぎの史郎がどのような生活をしていたのかまったく記憶がなく、隆二の生活史の中では唯一の空白期間でした。そのくらい心配の中心には伸夫の存在があったわけです。

中略

そして間もなく北海道へ行き、君江おばあさんに頼み家に来てもらい、史郎と伸夫の養育を助けてもらいました。

史郎6歳、就学直前に雅さんが清瀬の今の土地の売り出しを見つけ、当時のお金で約六百万円で家を購入し、東久留米の都営住宅から清瀬へ引っ越してきました。資金は自己資金百万円、労働金庫からの借金三百万円（当時の限度額）、そして正立兄からと君江さんからお金を借りてようやく新居を手に入れたわけです。

そして記憶は不確かですが、整肢療護園の当時の小池園長から雅さんに「むらさき愛育園」の指導係長（兼相談員）としての転職の要請があり、結果的に雅さんはむらさき愛育園に勤めることになりました。

中略

清瀬に移ってからもしばらくは、君江さんに同居してもらい、清瀬の「第二保育園」にも通っていました。この間、隆二と雅さんは毎朝2人で自動車に乗って通勤していました。雅さんの「むらさき愛育園」での働きぶりは次第に職員、高島園長、松本婦長、そして小池先生も評価していたようです。隆二が特に嬉しかったのは、入園児の家族（父母）に親しまれていたことでした。

さて、記は一足飛びに変わりますが、ここ7、8年の雅さんの生活は激変しました。

それは、雅さん自身が気づいた「物忘れ」の傾向が強くなり独り言も多くなりました。

雅さん自身も気づいて、ある日、小平市の国立精神神経センターの「物忘れ外来」高山先生を受診し、1日がかりの検査の結果は「初期のアルツハイマー」であることが診断されました。

隆二も3回目の通院の際に同行して高山先生自身の話を聞きました。病気の原因の一つとして考えられるのは、雅さんが複十字病院に入院、1ヵ月近く点滴のみで栄養をとっていたことが、ひょっとしたら脳、即ち「海馬」に影響を及ぼしたかもしれないとの印象を話されました。

中略

さて、話はあちらこちらに飛びますが、雅さんは記憶の障害が少しずつ少しずつ進んでいるようです。隆二としては、本当は認めたくはないのですが、事実を受け止めなければいけないなと、何回も何回も思い直しています。

ところで、隆二は自分の責任ですが平成3年2月末、午後9時過ぎ、胸部激痛と嘔吐で苦しみ、約20分くらいで急に痛みが引いたものですから、明日は一番で診察を受けようと考えていた次の瞬間、再度の胸部の激痛があり、雅さん、史郎が119番して救急車を呼び、先ずは複十字病院に運ばれましたが、直ぐに当直医が複十字病院では対応できないということで再び救急車が呼ばれ、所沢の防衛医大へ運ばれ緊急手術を受けました。

雅さんの口から、発作が起きてから5時間経過していると聞かされ医師たちは驚いて手術をしたようです。すなわち、心筋梗塞は6時間以内に手術をしないと死に至る病気だったわけです。

約1ヵ月入院、退院の際主治医の説明（記録フィルムを見せながら）によると、心臓の約半分くらいの機能が失われていること、それなりの生活を送ること等々注意を受けての退院でした。

その後約10ヵ月後、再び呼吸困難になり夜10時頃、防衛医大受診。しかしベッドがいっぱいのため、再び防衛医大の医師も一緒に救急車に同乗して、狭山病院に転送されたわけです。

その時の雅さんは、隆二の命が危ないと必死になって医師も一緒に行くように要求したそうです。

ともあれ、病名は心不全。その後数回、心不全のため狭山病院に入院。平成十五年には3月に1回、4月に1回、狭山病院に入院。昨年は、特に4月の入院中心房細動を起こし、担当医杉藪医師はじめ看護婦さんたちをおどろかせたようです。

そして、杉藪医師から雅さん、史郎へ隆二の病気の急変が知らされ、雅さんはじめ史郎、伸夫家族、佐藤安弘夫婦が狭山病院に見舞いに来てくれました。

幸いにも命は取り留め杉藪医師の紹介で「除細動器」の埋め込み手術を勧められ、7月埼玉医大受診、入院、「除細動器」の埋め込み手術を受けました。

そして今年、平成16年8月11日、先に書いたように家の前の路上で倒れ、救急車で狭山病院に運ばれ、入院中の早朝、除細動器が発動する心房細動に見舞われ、9月3日、埼玉医大へ転院、明日9月11日（土）、下肢の動脈からカテーテルを入れて隆二の心臓機能を直接テストする検査をします。

そして狭山病院の記録、埼玉医大での諸検査、そしてカテーテル検査の結果を総合的に検討して、

① 現在埋め込んでいる除細動器から新しい除細動器に取り替え、そこから心室に向けて

リード線を1、2本増設する方法

② 2案は、新たに右胸にペースメーカーを埋め込みそこからリード線を2本から3本心室へ入れる方法

があると、加藤医師（史郎同席）より説明がありました。

またまた隆二のことばかり書いてしまいましたが、隆二自身がこのような病気を持ち、かつ心臓そのものの病気の快方はまったく期待できない自分を自覚していますが、隆二の心残りは雅さんのことだけです。

したがって、なんとか隆二がいなくなっても、史郎そして伸夫に、これ以上負担をかけない予防手段として、3年前は所沢の有料老人ホームの見学、今年になってからは東村山にあるグループホームの見学、そして老人ホーム信愛のショートステイ（一時入所）へ見学及び相談をしてきました。

しかしこの三つの方法は、雅さんはきっぱり断り拒否しました。

この話を聞いた隆二としては、本当は雅さんと可能な限り生涯をともにしたいとの願望があること、それに雅さん自身が自己主張が出来たことを心配はしつつも、一方、安心し

たとの思いです。

現在の高齢化社会の中で、我が家は史郎にしても伸夫にしても隆二・雅に対して優しく接してくれることは、いつも2人で我が家はよき息子を持ったと喜んでいます。

これからの隆二、雅の生活はどのくらい続けられるのか不安でもあるし、反面、あまりくよくよしないで精いっぱい雅さんとの生活を続けていきたいと感じています。

このような文章は入院中のことでもあり、内容がまとまっていないことを自覚しつつ、現在の隆二の心境を綴ってみました。

(3) だから、生きていたかったんだね

おばあちゃんへ宛てた、この長い手紙を読んだ時、お父さんはようやくわかったように思いました。

おじいちゃんが、どうして生きていようと頑張っていたか。たび重なるつらい手術を自らの意思で選択し、もう少しでも、もう少しでも長く生きていこうとして頑張っていたか。

どうしてあんなにも生きることに執着し、気持ちを燃やすことができたのか。

それは自分自身の人生が不完全燃焼だったからではない。もっともっと他にやりたいことがあったからではない。死ぬことが怖くて恐ろしかったからではない。きっと、おばあちゃんのことが心配だったから。おばあちゃんと一緒に少しでも長く生きていたかったから。心の底からおばあちゃんのことを愛していたから。

きっとそうだ。いや、絶対にそうだろう。

だって、おじいちゃんは、おじいちゃんの人生を完全燃焼していたし、自分の人生に悔いなしという言葉を信頼する友人に残していた。

ただただ悔いが残るのは、おばあちゃんを残して自分が死んでしまうかもしれない、そんな思いだけが、きっとおじいちゃんにとって心残りなことであったのだろう。

認知症になって、支えが必要なおばあちゃんのために、自分は生きていたい。長年連れ添ったおばあちゃんと一緒に、可能な限り人生をともに歩んでいきたい。

「これからの隆二、雅の生活はどのくらい続けられるのか不安でもあるし、反面、あまりくよくよしないで、精いっぱい雅さんとの生活を続けていきたいと感じています」

こんなおじいちゃんの言葉の中に、深い深いおばあちゃんへの愛情がひしひしと感じられます。

「はぁ、そんなにもおばあちゃんのことを大切に思ってあげられるの」お父さんはため息が出てしまいます。

「俺にはそんなこと、できないよ」どうしても、こんな気持ちになってしまいます。

とっても大バカヤローなお父さんは、いつもいつも自分自身のことで精いっぱいです。自分の人生をいかに充実させて生きていくか。自分で納得できる人生を送ってやる。明日死んでも絶対に後悔しない生き方をしてやる。そう思って自分の好きなことばっかりしているお父さんはいつも自分が中心、いつも自分のことしか考えていない。

そんなお父さんには、おじいちゃんがとても立派な人に思えてしまいます。

お父さんだったら、自分の人生に悔いがなかったらそんなに長く生きなくてもいいと思うでしょう。健康診断でちょっと採血されるのも嫌でおっかないのだから、大きな手術を受けるなんて想像もできないくらいにおっかないことだ。

手術をしたら少し長く生きられると言われたって、「我が人生に悔いはない」そう言って手術なんか受けるわけがない。

いつの時点で人生に終わりが来ようとも、「私の人生とっても満足でしたから喜んで死んでやりますよ」と、大いばりであの世へ行ってやろうと思っている今の自分の心の中には、恐ろしいほどに自分のことしか考えていない自分がいるではないか。自分の妻のために、自分の子供たちのために、愛する家族のために自分が生きていこうなどと考える心の温かさがみじんもないではないか。

これは、やばいかもしれない。いや、完全にやばすぎる。人間として、夫として、3人の子を持つ父親として、あまりにも情けない自分がいるではないか。

「はぁ、なんなんだ、俺は」大きなため息が出てしまう。

今、あらためておじいちゃんは立派だったなーと思います。人生の最後の局面になっても、おばあちゃんのことを大切に思い、おばあちゃんとともに生きていくために、生きるための挑戦を続けたのです。

「途中でギブアップするのも性に合わず……」こうやって頑張れた、生きる希望を持ち続けたおじいちゃんの強い心。その強い心のエネルギーの源は、自分の命に対する執着ではなくて、おばあちゃんに対する大いなる愛情だったのではないでしょうか。

第七章　「愛すること」の価値観が変わった時

（1）ドイツ強制収容所「アウシュヴィッツ」

自分のために生きるより、愛する人のために生きることのほうが、強く生きられるのかな？

おばあちゃんへ宛てたおじいちゃんの手紙を読んだ時、お父さんは若い頃のある読書体験を思い出しました。

「夜と霧・ドイツ強制収容所の体験記録」（みすず書房）とても有名なこの本を読んだ時の記憶です。この時の読書体験はお父さんがそれまで持っていた「人を愛すること」の価値観を大きく揺さぶりました。

「人を愛することって、こんなにも人間に、生きるための勇気を与えてくれるものなのか！」こんな感動を体験したのです。

「夜と霧」この本は自らユダヤ人としてアウシュヴィッツ収容所に囚われ、奇跡的に生還した心理学者フランクル教授の「強制収容所における一心理学者の体験記」です。

その内容はあまりにも非人間的であり、想像の限界をはるかに超えた事実が記されていて、お父さんの言葉で表現することはとてもできません。少し長くなりますが、文中の言葉を引用しながらここに紹介したいと思います。

「夜と霧」という名前の由来は、1941年12月6日のヒットラーの特別命令に基づくもので、これは、非ドイツ国民で占領軍に対する犯罪容疑者は、夜間秘密裡に捕縛して強制収容所に送り、さらにこれが家族の集団責任という原則に拡大され、政治犯容疑者は家族ぐるみ一夜にして消えうせました。これが「夜と霧」命令であって、この名はナチスの組織の本質を示す強制収容所の阿鼻叫喚の地獄を端的に象徴するものとして用いられるようになったのです。

1939年にドイツ軍はポーランドに侵入したが、それよりもはるか前から強制収容所の建設はドイツ国内においてどんどん進んでいました。戦争が布告された時にはドイツ国内には六つの強制収容所があり、続く2年の間にさらにいくつかの収容所が建てられました。その中にアウシュヴィッツ、ベルゼン、フォセンベルク、マウトハウゼン、ナッツワイラー、ノイエンガム、ザクセンハウゼン、などがあったのです。

戦争の行われていた間に、どう低く見積もっても1200万人に及ぶ侵略地区や占領地区から連れてこられた男女、子供が殺され、そのうちの800万人がドイツの強制収容所で死んだのです。

これについて、英帝国の主席検事ハートレイ・ジョウクロスが大物戦犯の裁判において述べたが、彼はそれを次のような言葉で結びました。

「1200万人に上る殺人！　これによってヨーロッパのユダヤ人の3分の2以上が殺されたのであります。そしてこの殺人は、大量生産工場のようにアウシュヴィッツをはじめダッハウ、トレブリンカ、マウトハウゼン、マイダネック、オラーニンブルクなどのガス室やかまどで行われたのであります」

強制収容所の中でも特にその名を知られるアウシュヴィッツは、ワルシャワの南西160マイルに位置する人口1万2千人のポーランドの小さな町にありました。

アウシュヴィッツの強制収容所においては300万人以上が殺され、そのうち250万人がガス室で殺されたのす。毎日1万人の人間がガス室に送られ殺されたという記録が残っているそうです。

このアウシュヴィッツに著者フランクル教授は収容されたのでした。

列車でここに着いたフランクル教授は次のような光景を見ました。


次第に明るくなる暁の光の中に、右も左も数キロメートルにわたって、恐ろしく大規模な収容所の輪郭が浮かび上がってきた。幾重もの限りない鉄条網の垣、見張塔、探照灯、それに暁の灰色の中を灰色に、ノロノロと疲れてよろめきながら、荒れ果てた真直ぐな収容所の道を行くぼろをまとった人間の長い列。すでに我々のうち何人かは驚愕した顔をしていた。たとえば私は一対の絞首台とそれに吊り下げられた者とが目に入った。我々は一秒ごとに一歩一歩恐ろしい戦慄の中に導かれなければならなかった。

そして次に最初の生死の選抜をされるのである。

収容所の看守は無関心な様子でそこに立ち、右の肘を左の手で支えながら右手を上げ、そして右手の人差し指をほんの少し……或いは左、或いは右と（大部分は右であったが）動かして指示を与えるのであった。我々の中の誰も、この一人の人間の人差指の僅かな動きがもっている意味を少しも予感しなかった。……或いは左、或いは右、概ね右。私の番になった。

その少し前に誰かが私に囁いた。左は労働にやられ、右は労働不能者及び病者の収容所にやられるのだと。私は全てを成り行きにまかせた。これから度々やってくることの第一回なのだ。彼は両手を私の肩の上に置いた。私は「がっちりした」印象を与えるためにピンと真直ぐ立つように努めた。すると彼はゆっくり私の肩を廻した。そして私は左に向けられた。そして私は左側に切り離された。

夕方に我々は人差指のこの遊びの意味を知った。それは最初の選抜だったのだ！　すなわち存在と非存在、生と死の最初の決定であったのである。われわれ輸送された者の大部分、約90パーセントにとっては、それは死の宣告であった。そしてそれは数時間以内に執行されたのである。

右側に送られた人々は、停車場のプラットホームから直接にガスかまどのある火葬場の一つに連れて行かれ、そこで彼等は……そこで働かされている囚人が後に私に教えてくれたところによれば……この建物は「浴場」である、とヨーロッパの数ヶ国語で記されている張り紙を見ることができた。それから右側に行くように言われた人々は、一片の石鹸を手におしつけられたのであった。その次に何が起こったか、ということに就いては私は語らなくてもよいと思う。それは信頼し得る報告によってすでに知られているとおりである。
このアウシュヴィッツにやって来て数日たつと、自殺を計る者が多勢いた。そのため労働隊となって外出した際に、彼らは射殺されんがために歩哨の囲みを走り抜けようとしたが、このような行為は収容所の隠語では「鉄条網に行く」と呼ばれていた。こうすれば高圧電流のショックか機関銃の炸裂による死が、捕らえられて受ける拷問の苦しみを救ってくれるのであった。夜間、機関銃の音が聞こえるときには誰もが、絶望によってまた一人の人間が鉄条網へと追いやられ、その男は今やぼろきれに包まれただけで、いわゆる中立地帯に生命のない一つの塊になって横たわっている、ということを悟るのだった。

収容所に囚われた人間の心理状態についてフランクル教授は分析しています。

収容されたショックのあとには比較的無感動の段階、すなわち内面的な死滅が徐々に始まるのである。収容所生活の苦悩に満ちた感情昂奮を自らの中で殺すことを始めるのである。

そこに十二歳になる少年が運びこまれ、その少年は足に合う靴が収容所に無かったためはだしで何時間も雪の上に点呼で立たされ、その後も戸外労働をさせられ、今や彼の足指が凍傷にかかってしまったので、軍医が死んで黒くなった足指をピンセットで付け根から引き抜くのであるが、それを彼は静かに見ているのである。この瞬間、眺めているわれわれは嫌悪、戦慄、同情、昂奮、これらすべてをもはや感じることができないのである。苦悩する者、病む者、死につつある者、死者、これはすべては数週の収容所生活の後には当たり前の眺めになってしまって、もはや人の心を動かすことができなくなるのである。

少しの間、私は発疹チフスのバラック病舎に横たわっていた。そこはすべて、ひどい高熱で譫妄状態の患者であり、彼等の中の多くは死につつあった。またしても一人死んだ。するとと何が起きるだろうか。もう何回目のことで、もはや何の感情の動きを引き起こすことはないのだが。私は囚人仲間が次々とまだ暖かい屍体に近づき、一人は昼食の残りの、泥をかぶったじゃがいもを素早く獲得し、もう一人は屍体の木靴が自分のよりまだましなことを確かめてそれを取り替え、他の一人は死者の上衣を同様に取り替え、さらに他の人間は一本の、本物の結び紐を確保できたことを如何に喜んだかを見た。私はそれを傍観していた。

ある時われわれは凍りついた線路を越えて重たい長い鉄道枕木をひきずっていた。もし滑り落ちるならば本人ばかりでなく、同じ枕木を一緒に運んでいる他の仲間をも著しく危険にする仕事であった。私の古い友人である一人の同僚は生来性の股関節脱臼を持っていた。彼はそれにもかかわらず、とにかく労働のできることを喜んでいた。なぜなら彼のように身体的に障害のある者にとっては、どの「淘汰」も実際ガスかまどでの確実な死を意味していたからである。今や彼は特別に重たい枕木を持って線路の上でよろよろとしていた。置き場まであと数歩という所で私は彼がよろめくのを見た。

彼は落ちそうになり、他の一人を転ばしそうにした。私はまだ枕木を持っていなかったので思わずそちらに飛びついて彼を支え、彼の運ぶのを手伝った。しかしその瞬間、私は脊柱を棍棒でどやしつけられ、恐ろしい叫び声で引っ込めと命ぜられた。しかしその数分間前にはこの同じ看視兵がわれわれに、お前達、豚は少しも戦友精神を持っていないと嘲ったのであった。

またある他の時、われわれは摂氏マイナス20度の寒さの中を、森の中で全く凍りついた表土を掘り起こし始めた。すなわち配水管が設置されねばならなかったのである。この時私は身体がすっかり弱っていた。労働監督がやってきた。よくふくらんだ紅い頬をした彼の顔は文句なしに豚の頭を想起させた。われわれが手袋もなくこの恐ろしい寒さの中に立っているのに、彼は羨むべき暖かそうな手袋をし、毛皮をつけた革の上衣をしているのに私は気がついた。少しの間彼は私を黙って見つめていた。私は悪いことを予感した。というのはすでに私の前に掘られていた泥土の量が少しであるということに彼が気づいたからである。

するとと彼は罵り始めた。「おめえ、豚犬め、俺はずっとお前を観察していたんだ。おめえにもっと仕事をやるからな。そして地面を歯で噛み砕かせてやるからな。おめえは今まで働かなかったということがすぐ判るんだ。おめえは一体何だったんだ。おい豚、商人か？え？」

私にとってはすでに何でも同じであった。

しかし私をすぐくたばらしてやるという彼の脅かしを私は真面目にとらねばならなかっ

た。

私は真直ぐに立ってしっかりと彼の目を見つめた。「私は医者だ。専門医です。」「なに、おめえは医者だったのか、ははあ、お前は人々から金を騙し取ったろう。ちゃんと知ってるぞ。」「労働監督！　私はそれどころか私の仕事を無料でしていたのだ。つまり貧者のための外来診療をしていたのだ。」しかしもうそれは言い過ぎであった。

彼は今や私の上に襲いかかり、私を地面に突き倒し、憑かれた者のように喚き散らした。私はもうどうなったか判らなくなってしまった。

この劣悪な状況の下においては、無感動は必要な心の自己防衛であり、あらゆる行動とそれに伴う全ての感情生活は、唯一の課題、すなわちただ生存を維持するということに集中するのである。この、ただ生きるということが、自分のそしてお互いの唯一の目的であったのだ。

囚人達が労働場から収容所に夕方精根尽き果てて帰ってきて、典型的な深い溜息とともに「さて、また一日が過ぎた」と叫ぶのをいつも聞くことができたのである。

直接の生命維持にのみ集中するという心理的な強制状態と必要性の圧力の下では、全精神生活の現われが、ある原始的な段階にまで引き下げられてくるということは容易に理解できる。

収容所の囚人が最も夢見るものは何であったろうか。囚人はパンや果物パイや煙草や温かい素晴らしい風呂とかを夢みるのである。最も素朴で原始的な要求充足が欠如していることが、最も原始的な願望の夢において充たされるのである。

われわれは夜寝る前に虱を取りながら裸のわが身をみる時など、皆大凡同じ事を考えるのであった。一体この身体は私の身体なのだろうか、もうすでに屍体ではなかろうか。一体自分は何なのか？　人間の肉でしかない群衆、掘っ立て小屋に押し込まれた群衆、毎日その一定のパーセントが死んで腐っていく群衆、の一少部分なのだ。

アウシュヴィッツの強制収容所に囚われたフランクル教授の周囲では、毎日数えきれないほど多くの人々がガス室に送られ、焼却場に送られ殺されていきました。幸い（？）にも命のある者は劣悪な環境の中で生かされ、家畜のような扱いを受けながら強制労働を強いられ、労働ができなくなったら、なんのためらいもなく殺され、また蔓延するチフスや疫病のために死んでいったのです。

（2）「愛」それは、生きるための最後の砦

生きる希望を失い、自ら死を選ぶべく鉄条網に走る仲間たちの姿を見ながら、フランクル教授はどうやって自分自身の生きようとする精神を持ち続けられたのでしょうか？

人間が強制収容所において、外的にのみならず、その内面生活においても陥っていくあらゆる原始性にも拘わらず、たとえ稀ではあれ、著しい内面化への傾向があったということが述べられなければならない。

元来精神的に高い生活をしていた感じ易い人間は、ある場合には、その比較的繊細な感情素質にも拘わらず、収容所生活のかくも困難な、外的状況を苦痛ではあるにせよ彼等の精神生活にとってはそれほど破壊的には体験しなかった。なぜならば彼等にとっては、恐ろしい周囲の世界から精神の自由と内的な豊かさへと逃れる道が開かれていたからである。

かくして、そしてかくしてのみ繊細な性質の人間がしばしば丈夫な身体の人間よりも、収容所生活をよりよく耐え得たというパラドックスが理解され得るのである。

かかる体験をいくらでも理解せしめるためには、再び私は個人的なことを語らざるを得ないのである。

われわれが早朝収容所から作業場へと進行していくとき――中略――

私と並んで進んでいた一人の仲間が突然呟いた。

「なぁ君、もしわれわれの女房が今のわれわれを見たとしたら！　多分彼女の収容所はもっといいだろう。彼女がわれわれの状況を少しも知らないといいんだが！」

すると私の前には、私の妻の面影が立ったのであった。そしてそれから、われわれは何キロメートルも雪の中を渡ったり、凍った場所を滑ったり、何度も互いに支えあったり、転んだり、ひっくり返ったりしながら、よろめき進んでいる間、もはや何の言葉も語られなかった。

しかしわれわれはその時各々が、その妻のことを考えているのを知っていた。時々私は空を見上げた。そこでは星の光が薄れて暗い雲の後ろから朝焼けが始まっていた。そして私の精神は、それが以前の正常な生活では決して知らなかった驚くべき生き生きとした想像の中でつくり上げた面影によって満たされていたのである。

私は妻と語った。私は妻が答えるのを聞き、彼女が微笑するのを見る。私は彼女の励まし勇気づける眼差しを見る、そしてたとえそこにいなくても、彼女の眼差しは、今や昇りつつある太陽よりももっと私を照らすのであった。

その時私の身をふるわし私を貫いた考えは、多くの思想家が叡智の極みとしてその生涯から生み出し、多くの詩人がそれについて歌ったあの真理を、生まれて初めてつくづくと味わったということであった。

すなわち、愛は、結局人間の実存が高く翔り得る最後のものであり、最高のものであるという真理である。私は今や、人間の詩と思想とそして、信仰とが表現すべき究極の極みであるものの意味を把握したのであった。愛による、そして愛の中の被造物の救い、これである。

たとえもはや、この地上に何も残っていなくても、人間は、瞬間でもあれ、愛する人間の像に心の底深く身を捧げることによって浄福になり得るのだということが私に判ったのである。

収容所という、考え得る限りの最も悲惨な外的状況、また自らを形成するためのなんの活動もできず、ただできることと言えばこの上ないその苦痛に耐えることだけであるような状態、このような状態においても人間は愛する眼差しの中に、彼が自分の中に持っている愛する人間の精神的な像を想像して、自らを、充たすことができるのである。

たぶん大学生の頃でしょうか。こんな文章を読んで、お父さんは驚きました。「へー、愛って、そんなに力があるものなの?」とっても意外な感じがしました。「人を愛することが、そんな、強制収容所にいる人の、生きていくための希望になるなんて、」そんなことあるのかな? 正直、そんな感覚でした。

「夜と霧」の内容は、こう続きます。

その時私はあることに気がついた。すなわち私は妻がまだ生きているかどうか知らないのだ! そして私は次のことを知り、学んだのである。
すなわち愛は、一人の人間の身体的存在とはどんなに関係薄く、愛する人間の精神的存在(哲学者の呼ぶ「本質」)と、どんなに深く関係しているかということである。
彼女がここにいるということ、彼女の身体的存在、彼女が生存しているということは、もはや問題ではないのである。愛する人間がまだ生きているかどうかということを私は知らなかったし、また知ることができなかった。そして、事実妻はこの時はすでに殺されていた。

愛する人間が生きているかどうか、そのことは私の愛、私の愛の想い、精神的な像を愛しつつ見つめることを一向に妨げなかった。

もし私が当時、私の妻がすでに死んでいることを知っていたとしても、私はそれにかまわずに今と全く同様に、この愛する直視に心から身を捧げ得たであろう。そしてこの精神的な対話は今と全く同じように力強く、かつ満足させるものであったであろう。

この瞬間、私は「我を汝の心の上に印の如く置け。愛は死の如く強ければなり」（雅歌八章ノ六）という真理を知ったのである。

人間が、強制収容所という地獄のような環境の中で、自から死を選ばず、「生存しよう・生き続けたい」という精神状態を保つための最後の砦が「愛」であり「人を愛する心」であるというのです。

人はどんなに困難な状況に追いやられても、心の中に愛する人の存在があれば、そしてその存在は身体的な存在として実在していないとしても、愛する人の精神的な姿を思い描くことによって、自らを満たし、生きていくことができる、ということなのです。

(3)「愛」それは、計り知れない心のエネルギー

当時大学生だったお父さんは、それまで持っていた考え方、価値観を大きく揺さぶられたように感じました。

この本に出会うまでは、まったく違う考え方をしていたのです。

「愛とか恋とかさ、そんなことばっかにエネルギーを使うのって、なんか嫌じゃない？」

そんな発言を友人たちにしていたように思います。

同じクラスやサークルの友人たちとの飲み会の席で、恋愛話は若い学生たちの間では最も興味のある共通した話題です。

人を愛することがどんなに大切なことであるか、力を込めて話をする女子学生の友人たち。そんな彼女たちに対して、

「人を愛するのは当たり前じゃん。そんなの、食欲とか性欲とかと一緒で、なかったら大変だよ、人間の基本的欲求なんだからさ。そんなのは当たり前で、愛するのはいいけ

ど、いい大人になって、いつまでも愛してるとか、愛されないとか、好きだ嫌いだなんてテレビのドラマみたいにやってんのは、俺は絶対に嫌だね」こんなことを言っていたものでした。

こんな、ひねくれヤロージみた発言の後には、周囲の女の子から総攻撃を食らったのは言うまでもありません。「やっぱ、のぶちゃん、かなりおかしい」そう言って相手にしてもらえなくなるのでした。

今あらためて、あの時の皆さんにお詫びをしなくてはなりません。愚かで未熟者の私が間違っていました、と。

「夜と霧」この読書体験をしてから、人が人を愛するということ、そのことがどんなに尊いことなのか、人間としていかに必要不可欠なものであるのか、少しずつではあるが気がついていったように思います。

「人を愛すること」これは、どこかのバカヤローが言っていたように食欲や性欲といった人間の原初的欲求と等しく並べられるものでは決してない。

「人を愛すること」これは、人が人として生きていく中で、最も価値のある、最も人間らしい精神活動の一つである、と言ってもいいのではないだろうか。

だからこそ、人を愛するその心が、極限状態に陥った人間の命を救うエネルギーにもなり得るのではないだろうか。

「人を愛すること」は、それがどんな関係であれ、恋人同士であっても、夫婦であっても、親子であっても、兄弟であっても、またまた師弟関係や友人の関係であっても、相手を思う気持ちには違いがないと思う。

フランクル教授の場合には、その対象が彼の妻であったわけだが、同じくアウシュヴィッツに強制収容された人の中に、愛する親の姿を思い描いて、愛する子供の姿を思い描いて、愛する兄弟の姿を思い描いて、愛する恋人の姿を思い描いて、愛する親友の姿を思い描いて、自分にとって大切な人の姿を思い描いて、明日にでも消えてしまいそうになる自らの命を、必死でつなぎとめた人たちがいるのではないだろうか。

アウシュヴィッツのような極限状態にいる人間と、現代社会の中で通常の生活をしている人間とでは置かれた状況がまったく異なるため、その精神状態についても、関連づけることはできないかもしれません。

しかしながら、おばあちゃんのことを心配して、おばあちゃんへの愛情を心のエネルギーとして「生きていたい」と思い続けたおじいちゃん。そのおじいちゃんの姿が、「愛する人の精神的な姿を思い描くこと」によって生き続けることができたフランクル教授の姿に、なぜだかわからないけど、どこかしら重なって見えてしまうのです。

おばあちゃんのことがなにも心配でなかったら、気に留める必要がなかったら、愛情がなかったら、おじいちゃんは生きるための挑戦をしようとは思わなかったのではないでしょうか。

どうしておじいちゃんが生きるための挑戦をし続けたのか。それはきっとおばあちゃんの存在があったからに違いありません。

「人を愛する心」これは人間が生きていく上で、計り知れない力を与えてくれるものではないでしょうか。

いつも自分のことで精いっぱい、いつも自分のことばっかり大切に思い、人様への愛情を持つだけの余裕のないお父さんには、愛について語る資格などまったくないと言ってよいでしょう。

でも、そんなお父さんでも、ふと思う。

「愛は、与えられるより、与えることのほうが幸せなんだ」と。

「人から愛されることより、人を愛することのほうが幸せを感じることができるのではないか？」と。

だって、人から愛されることを望む生活の中には、きっと小さな幸せしかないでしょ。人を愛することができる生活の中には、きっと大きな幸せがあるでしょ。

人から優しくされたり、困っている時に助けられた時、そんな時はとっても嬉しい気持ちになるけど、ほんの小さなことでも人に優しくできたり、困っている人の力になれた時、そんな時は、もっともっと嬉しい気持ちになるでしょ。

電車の中で席を譲ってもらったら「ラッキー」「助かった」って思うけど、お年寄りに自分の席を譲ってあげることができたら「喜んでもらえてよかったな」って、席を譲られた時よりも何倍も嬉しい気分になるでしょ。

人に「ありがとう」と素直に言えることはとっても大切なことだけど、人から「ありがとう」と言ってもらえた時、とっても豊かな気持ちになるでしょう。

人からなにかをしてもらった時より、人になにかをしてあげられた時のほうが、ありがたくて、幸せを感じることができるでしょう。

そんなの、自分で経験すればすぐにわかることだよね。みんな、それぞれがそれぞれの体験を通して感じていることだと思います。

君たちがお誕生日やクリスマスにプレゼントをもらう時、とっても嬉しい気持ちになるでしょ。でも実は、君たちが喜んでくれたことで、お父さん、お母さんは、君たちよりももっと嬉しい気持ちになっているんだ。君たちが喜ぶ何倍も、お父さんとお母さんは喜んでいるということです。

君たちが、予想していたより高いおもちゃを買ってもらって、自分では得した気分になっているかもしれないけど、実はお父さん、お母さんのほうがもっと得した気分になっていたわけです。悔しいでしょう。

「もらう喜び」よりも「与えることができる喜び」のほうが、きっとはるかに大きいのかもしれません。

将来君たちが大きくなった時、「与えることができる喜び」を学ぶために、お父さん、お母さんに、いっぱいプレゼントをするといいと思いますよ。その時には、たくさんの「ありがとう」を言ってあげたいなって、思います。

第八章　おばあちゃんが「ふかふか・はうす」にやって来た

(1) カーテンレールに干されたタオル

おじいちゃんが亡くなった後、おばあちゃんの認知症はこれまでにも増して進行していきました。その速さは、一緒に生活している史郎君でさえ、驚いていたほどです。

日常の生活が不自由になったおばあちゃんが心配なので、お父さんは何度も何度も山形の施設、グループホームに行こうと誘いました。しかしおばあちゃんは「はい」とは言いません。

買い物にも行けない、食事の支度もできない、かかってくる電話の対応にも混乱しているのに「私はなんにも困っていないから、ここにいるわ」そう言って、山形の施設に行こうという気持ちになってくれません。困っているのは一緒に住んでいる史郎君と、遠くから2人を応援しているお父さんだけなのです。

史郎君は毎日仕事に行かなくてはならないので、史郎君が帰ってくるまでおばあちゃんは1人で家にいなければなりません。

幸いデイケアだけは気に入ってくれているので、デイケアに通う火曜日、木曜日、土曜日は少し安心することができるのです。

「もしもし、雅さんですか、今日はデイケアの日だからお迎えが来たら行ってきてね」

「もしもし、今日は1日家にいる日だから、外に出ないで家の中でゆっくりしていてね」

仕事の合間を見ながら、お父さんは毎日おばあちゃんに電話をしました。

毎日、3回も4回も電話をしておばあちゃんが家にいること、元気でいることを確認しました。

土日の休みを利用して、また有給休暇を利用して、毎月おばあちゃんのところへ通うことにしました。

ある日、清瀬に帰ったお父さんは、家でおばあちゃんの様子を見てびっくりさせられました。腰の曲がったおばあちゃんが、不安定な椅子の上に乗っかってカーテンレールにタオルを干しているのです。

「こんなこと、毎日しているの」お父さんはぎょっとしました。

「危ないから、そんなことしないで」何度言ってもおばあちゃんはやめません。理解できないのかすぐに忘れてしまうのか。

転んで骨折してもしかたないな、腹をくくって見守っているしかありません。

何週かおいて清瀬の家に来てみると、やっぱりカーテンレールにタオルがたくさん干してありました。

「椅子に乗ってタオルを干したら危ないって、言ったでしょう」

「どうしてカーテンレールに干さなきゃいけないの？」

心配のあまり、きつい言い方になってしまいます。自分のすることが否定されると、おばあちゃんもだんだんと怒り出してしまいます。

「私がなにもしていけないのなら、この家にはいられないわ。北海道に帰らせてもらいます」

別にけんかをしたいわけではないのに、だんだんとおかしな話になってしまいます。

「これでは、いつ転んでもしかたないな」カーテンレールに干されたタオルを見ていると、突然いいアイデアが浮かびました。

「低いところに、つっぱり棒で、物干しを作ればいいんだ！」

急いで近くのホームセンターに行って、物干し用のつっぱり棒を買ってきました。腰の曲がったおばあちゃんでも届くように、家の中に何ヵ所も物干しスペースを作りました。

「椅子に上がって転ぶと大変だから、ここにタオルを干してね」ひと安心して山形に帰りました。

また何週間かおいて、お父さんは清瀬の家に行きました。家の中に入るとびっくり。相変わらず高いカーテンレールにタオルがたくさん干されているではありませんか。どうしたことか？

デイケアから帰ってきたおばあちゃんの様子を見ていると、せっかく作ったつっぱり棒につかまって、椅子の上に乗り、つま先立ちになってカーテンレールにタオルを干しているのです。

「なにしているの？　せっかくこれ作ったのに」ハアー、ため息が出てしまいます。

史郎君に聞くと「何度も言ったけどわからないし、しつこく言うと怒り出しちゃうから」と。その通りだろう。自分のすることに注意をされると、ものすごいけんまくで怒るのです。

カーテンレールに干されたタオルを見ながら、「これが認知症というものだな」しみじみと悲しく感じられました。

またまた、何週間かおいておばあちゃんの家に行くと、やっぱりカーテンレールにタオルがいっぱいかかっていました。

「いつ骨折してもしかたないね」史郎君に言うと、

「すべて、雅さんの思うようにさせないと、もう混乱して大変なんだよ」と。

いつも生活をともにしている史郎君は、介護の心得を自然に身につけていて、少々のことでは動じないようになっています。

骨折して入院したとなると、理解できないおばあちゃんはどれだけ混乱することでしょうか？

骨折したことがわからず、ベッドから転がり落ちるかもしれない。点滴を引き抜いてしまうかもしれない。大声で騒ぐかもしれない。どんな状況になるかまったく想像がつかない。

それでもしかたがないのです。その時その時で、考えられる最良の手段を講じていくしかないのです。

そんなことを考えながら、ふと思いつきました。

「あっ、カーテンレールをとっちゃえばいいんだ！」

「カーテンレールをはずしちゃおう。そうすればタオルを干せないから、椅子に上がらなくてもよくなるよ」

「そうだな」史郎君も微笑みました。

なんで早く気がつかなかったんだろう。さっそくドライバーを手にして、何十年もそこにあったカーテンレールを２人でとりはずしました。

おばあちゃんも不思議そうに眺めている。カーテンレールもカーテンもなくなった居間は妙にすっきりしていました。

たった今はずしたばかりのカーテンレールのことを、おばあちゃんは覚えていません。

「なんだか変わったみたいだわ」なんて漫画みたいなことを言っています。

これで一件落着。椅子に上がってバランスを崩して転倒する、なんていう危険がようやくなりました。

(2) ぼくらは、みんな、ボケている

おばあちゃんは、お父さんが清瀬の家に帰るたびに、いろいろな攻撃をしかけてきます。

「ココア飲みなさい攻撃」や「お茶持っていって攻撃」、「お小遣いあげてないわ攻撃」などそのレパートリーはさまざまです。

もちろん悪気があって攻撃してくるわけでなく、母親として息子になにかしてあげたいのでしょう。ココアを気に入っていたおばあちゃんは「ココアを飲みなさい」と勧めてくれます。

「今、飲んだからいらないよ」と言ってもすぐに忘れてしまう。また優しい笑顔で「ココア飲みなさい」と勧めてくれるのです。

「伸夫さん、ココア、飲みなさい」

「今、飲んだから、いらないよ」

「伸夫さん、ココア、飲みなさい」

「後で、いただくね」

「伸夫さん、ココア飲みなさい」

「もう少し経ったら、いただくね」

3回や4回ならば、笑顔で対応できます。しかし、7回、8回、9回となってくると、笑顔が消えて、かなりつらくなってきます。

母親の我が子を思う気持ちであるとわかってはいるが、だんだんと追い詰められていく自分がいるのです。

「ココア飲みなさい攻撃をやめてくれ！」黙って心の中で叫ぶしかありません。


「お茶持っていって攻撃」はもっと強烈です。

「のぶちゃんにお土産あげてないわね、お茶持っていきなさい」

棚にある狭山茶をお土産に持たせようとしてくれます。

「もらったから、もういいよ」しばらくすると、

「のぶちゃんにお土産あげてないわね、お茶持っていきなさい」

「もらったから、もういいよ」

棚にあるお茶がなくなると、今度は「お茶を買ってくる」と外に出かけようとします。

「外に出ると迷子になるから外に出ないで」優しくお願いしたつもりがだんだんと表情が変わってきます。

「私は、1歩もこの家から出てはいけないの？」表情が険しくなり攻撃的な態度になっていく。

「難しいな」少し黙っていると「私はこの家にはいられないようですから、北海道に帰ります」と、だんだん話がややこしくなっていく。


「お小遣いあげてないわ攻撃」はちょっと嬉しい攻撃です。

おばあちゃんは、息子であるお父さんにお小遣いをあげたいのでしょう。

「伸夫さん、お小遣い、あげてないわね」そう言って財布からお金を出してお小遣いをくれます。

「ありがとう、せっかくだから頂くね」

いらないといっても聞かないおばあちゃんですので一応もらうことにします。

「伸夫さん、お小遣い、あげてないわね」

「今もらったからいらないよ」

しばらくするとまたまた、

「伸夫さん、お小遣いあげてないわね」と財布からお金を出してくれます。

お父さんも考えました。「財布の中のお金を全部もらっておいて、帰るときに戻してあげればいいんだな」

それ以来、おばあちゃんがお金を管理することはできないと判断して大きなお金は預けないように史郎君と相談しました。


こんな状況が、史郎君と2人でいる時も繰り返されているのでしょうか？

1泊2日や2泊3日の滞在で、かなり介護疲れを感じてしまうのに、同居している史郎君は大丈夫なのでしょうか。史郎君の日頃の苦労をあらためて感じさせられます。

朝早く出勤する時に「この家を出ていく」と言われて困ったこと。大切な書類をなくされて困ったこと。分別ゴミの決まりを守れず、ご近所にご迷惑をかけていること。何週間も風呂に入らないのではたはた困っていること、などなど。

史郎君の話を聞けばかなり大変な状況です。

そんな状況の中でも冗談を言ってはおばあちゃんを笑わせている史郎君は、いつの頃からか介護の達人になったようです。

おばあちゃんが混乱して表情が険しくなってくると、絶妙のタイミングで冗談を言って、おばあちゃんを笑わせてしまう。しばらく笑っているとおばあちゃんは自分が怒っていたこと自体すっかり忘れてしまう。

おばあちゃんが混乱して怒っている時、史郎君が歌いだしました。

「僕らはみんなボケている　ボケているからうれしんだ」

「僕らはみんなボケている　ボケているからたのしんだ」

おばあちゃんもくすくす笑っている。

「手のひらを太陽に　すかしてみればー　まっかにながれる　ぼくのちしお」

「みみずだーって　おけらだーって　あめんぼだーって」

「みんなみんな　ボケているんだ　ともだちなーんだー」

こんな替え歌、親子でなければ、歌えない。しっかり看ている人にしか、歌えない。

（3）あなたは史郎さん？　伸夫さん？

ある日、史郎君が気分転換のため温泉に行くというのでお父さんが3日間、おばあちゃんと過ごすことになりました。

お父さんは史郎君と違ってお料理が上手ではありません。この3日間のメニューをどうするか、これがさしあたっての課題でした。

焼きそば、チャーハン、おでん、クリームシチュー、とん汁、このあたりで勝負しよう。野菜やお肉をゆでてしゃぶしゃぶみたいに食べてもいいし、刺身やお惣菜を買ってきてもいいし、なんとかなるな、普段使っていない頭を働かせてシミュレーションしました。

近くにあるスーパー「いなげや」で買い物を済ませ、簡単にできる、というよりもほとんどできているおでんを夕食のおかずにしました。

おばあちゃんと2人で夕食を食べていると、おばあちゃんが不思議そうに言います。

「あなたは伸夫さん？」

この頃になると、どちらが史郎で、どちらが伸夫なのか、自分の息子の存在もはっきりわからなくなり、何度も確かめているようでした。

「史郎さんは死んじゃったの？」

「死んじゃったのは隆二さんだよ。史郎さんは死んでないよ」

自分の夫が亡くなったのか、自分の息子が死んじゃったのか、家族のことでさえわからずに混乱してしまっている様子です。

「あなたは、伸夫さん？」何回も、何回も繰り返して理解しようとしている様子です。

普段一緒に生活している史郎君がいなくて、突然次男の伸夫が目の前にいるので状況が把握できないのでしょう。

「雅さん、史郎君は温泉に行って伸夫が来ているんだよ」

「史郎君は死んでないから、またこの家に帰ってくるよ」

こんな変な会話が我が家の日常的な会話になっていました。

夕食を終え、台所で後片づけを済ませ、大好きなテレビ、格闘技のK—1を見ていると、おばあちゃんも真剣になって見てしまいます。

「こんなの私、初めて見るわ」「なんだか気持ち悪くておっかないわ」ぶつぶつ言いながら隣の部屋に逃げていきます。

5分くらいすると、またテレビの前に座って「こんなの私、初めて見るわ」「なんだか気持ち悪くておっかないわ」落ち着かない様子で隣の部屋に行ってしまいました。5分くらいすると、またテレビの前に座ります。「こんなの私、初めて見るわ」「なんだか気持ち悪くておっかないわ」

何回も繰り返し言われては、お父さんも落ち着いて見ていられません。大好きなK―1なのに、とっても見たいのに、テレビを消さないとおばあちゃんがいつまでも落ち着かない様子です。

「ハアー、テレビも自由に見られないよ」テレビを消してソファーに横になって、ふて寝をするしかありません。

好きなK―1も見られないし、別にやることもないから風呂にでも入って寝るかな。

「雅さん、お風呂に入ってください」さりげなく聞くと、

「私は毎日入っているから、のぶちゃん、入りなさい」いかにも毎日入っているように言う。

しかし、史郎君が言うにはここ1ヵ月以上はお風呂に入っていないらしい。

お風呂に入るように勧めても、なかなか入ってくれずに困っている、と以前に史郎君

は言っていました。

「雅さん、お風呂にお湯を入れたから、入ってください」

「私は毎日入っているから、のぶちゃん、入りなさい」

おばあちゃんは自分では、毎日お風呂に入っているつもりでいるのだろうか？

「雅さん、お風呂に入ると気持ちがいいから、入ってください」

「私は毎日入っているから、のぶちゃん、入りなさい」

何度かトライしてみたが、おばあちゃんはお風呂に入る気持ちにはならないらしい。

「面倒くさいからいいや、1年ぐらい風呂に入らなくても、死ぬわけではないしな」さっさと服を脱いで風呂に入りました。

「ハアー、これは大変だな」湯ぶねの中で、おばあちゃんと毎日一緒に生活している史郎君の苦労を思いました。

おばあちゃんと同じ部屋に布団を敷いて、早めに寝ることにしました。

「おばあちゃんと生活していると精神的にかなり疲れるな、史郎君はこんな生活でよく頑張っているな」

「入居申請をしている、最上町のグループホーム、早く順番が来ないかな」

こんなことを思いながらいつの間にやら眠ってしまいました。

夜中にふと、人の気配に気づきました。目を開けると目の前におばあちゃんの顔があるじゃありませんか。

鼻と鼻とがぶつからんばかりに顔を近づけて、目を大きく見開いて、お父さんの顔をじっと覗き込んでいるのです。

「なに？　どうしたの」、びくっとして身構えました。

「あなたは史郎さん？」おばあちゃんが真剣な顔で聞いてきます。

「僕は仲夫だよ。史郎さんは温泉に行って、仲夫がここにいるんだよ」

「あなたは仲夫さん？」「私はなにをすればいいの？」どうしたことか、とても困って混乱している様子です。

「私はなにもわからなくなったから、ここを出ていきます」1人で真剣に困っている。

「今は夜中だから、朝になったら相談しようよ」

「今は夜中なの？　朝になったらなにを相談するの？」

「ここは雅さんの家だから、雅さんはこの家にいていいんだよ」

「ここは、私の住んでいる家なの？　そんなこと初めて聞かされたわ」

「ここは、雅さんがずうっと住んでいる家だよ」

「ここは私の家だって、誰が決めたの、きちんとした証拠があるの？」

「証拠もあるし、ここは雅さんの家だから、心配しないで寝ていていいんだよ」

「そんなこと、初めて聞いたわ。なんであなたがそんなこと知っているの？

私はこの家にいられないんだったら、北海道へ帰ります。

私がこの家にいてはいけないって、あなたが今、言ったの？」

混乱している感情がどんどんエスカレートしていき、1人でパニックになってしまっているようです。

どうにかその場を落ち着かせておばあちゃんを布団に寝かせました。

おばあちゃんの険しい顔、混乱して困り果てた姿、そんなおばあちゃんを見てお父さんも悲しくなりました。

「これはすでに限界を超えている。ボケたおばあちゃんが1人で家にいるなんて危険すぎる」

布団の中でお父さんは、天国にいるおじいちゃんに手を合わせました。

「お父さん、もう少し、もう少しの間、最上町のグループホームが空くまで、なんとか雅さんを守ってください」あふれる涙をぬぐいながら、何度も何度もおじいちゃんにお願いしました。

こんな混乱した状態を毎晩のように繰り返しているのだろうか。

疲労困ぱいした史郎君が介護ノイローゼにでもならなければいいが。そして当の雅さんもこんな状態ではかなりしんどいであろう。

今の自分にできることは、こうやって山形から通ってくること、できる限り多く実家に帰って兄をフォローし、また母の近くにいてあげることしかない。そして最上町のグループホームに1日でも早く入居できるように祈ることしかできないのです。

(4)「もう、いいね」

このように、ある意味かなり手ごわかったおばあちゃんが急におとなしい認知症老人に変わってしまった。10月の下旬、痔の手術のために10日間の入院生活をしたことが激変の理由でした。

週3回通っている信愛デイケアセンターの職員さんから肛門部の出血を指摘され、肛門専門病院を受診したところ、手術の必要があることを教えられたのです。

重度の認知症のおばあちゃんが、入院して手術をするということはとても大変なことです。毎日24時間の付き添いをしなくてはなりません。史郎君とお父さんは、それぞれに職場の都合をつけて1週間ずつ休みをもらうことにしました。

史郎君とお父さんで万全の付き添い体制を整え、おばあちゃんは所沢にある肛門専門病院に入院しました。

さまざまな検査も順調に終えて、手術当日は史郎君が付き添いました。心配されたおばあちゃんでしたが、予想外におとなしくしていられた様子で、手術も無事終えることができました。

家に帰ってきたおばあちゃんは、それまでの手ごわいおばあちゃんではなくなり、すっかりおとなしいおばあちゃんに変わっていました。

肛門の手術をしたおばあちゃんは、おしっこやうんこの感覚がよくわからなくなったようでした。病院で買ったリハビリパンツに失禁するようになりました。

「自分でトイレに行けなくなり、失禁するようになったら、自宅では無理だな」以前から思っていた事態が突然のごとく、現実となってやって来ました。

「いよいよ来たな」「ことを急がなければならない」

トイレに誘導してあげてうんこをしても、自分で上手にお尻がふけないのでしょう。リハビリパンツにうんこをつけたままおばあちゃんが戻ってきました。

「手術をした後だから、お尻をきれいにしなくちゃ」

お父さんがリハビリパンツを下ろしてあげるとおばあちゃんは素直に従います。だんだんと羞恥心も薄れてくるのでしょうか、恥ずかしいという感覚もわからなくなった様子です。


リハビリパンツを下ろす時に下痢気味のうんこが落ちてきておばあちゃんの脚と靴下を汚してしまいました。

「あっ、少し動かないで待っててね」

あわててお尻ふきをお湯でぬらしてきて、おばあちゃんの脚とおしりをふいてあげました。

自分の母親のおしりをふいてあげること。これは、わかってはいても、つらいことです。

悲しい気持ちになり、目に涙がにじんできます。

「もう、いいね。俺と一緒に山形に行こうね」おばあちゃんの脚と靴下についたうんこをふきながら言いました。

「はい」おばあちゃんが、初めて「はい」と言いました。

今までどんなに誘っても首を縦に振らなかったおばあちゃんが、初めて「はい」と言いました。

「今まで頑張ったから、もう俺と一緒に山形に行ったほうがいいね」下を向いて靴下を脱がせていたお父さんの目から、大粒の涙がぼたぼたと落ちていきました。

「もう、いいね」この時、お父さんは、おばあちゃんを山形に連れて行く決心を固めました。

（5）ボケるが勝ち

今までとっても手ごわかったのに、すっかりおとなしくなってしまったおばあちゃん。

トイレで自分のお尻も上手にふけなくなってしまったおばあちゃん。どんなにお父さんが誘っても山形に行こうとしなかったおばあちゃん。

それが、びっくりするくらいに、まるで小さな子供のように、言うことを聞いてくれるようになりました。

このようになることを、一般的には、認知症が進行したのだと、悪くなったことだと、とても悲しいことだと、考えるかもしれません。

でも、お父さんはそんなふうには思いません。

きっと、神様が応援してくれているんだと、仏様が守ってくれているんだと、思えてなりません。

身の回りのことが自分でできなくなっていくというのは、当の本人にとってもつらく、耐えがたいことだと思います。そんな耐えがたい精神的苦痛を和らげてくれるのが認知症という症状なのではないでしょうか。

「ボケるが勝ち」こんな言葉はありませんが、きっとそうなのです。

当人にとって、つらく苦しい状況を認知症が救ってくれているのです。

今まで、自分が認知症になったことで不安を抱え、混乱しながら、必死に生きてきたおばあちゃんに、優しい仏様が救いの手を差し伸べてくれたのです。

おばあちゃんの生きる姿を見ながら、史郎君、お父さん、そして多くの人がおばあちゃんを支える姿を見ながら、神様が必要な時に、絶妙なタイミングで、おばあちゃんを助けてくれているのです。

「俺と一緒に、山形に行こうね」お父さんが涙をこぼしながら言った時、「はい」と答えたおばあちゃんの顔。その時、おばあちゃんが見せた穏やかな表情には、仏様の後光がさしているようでした。


認知症になることは、決して悪いことではない。物事がだんだんとわからなくなっていく時、本人にとって苦しい期間があるけれども、その先にはきっとこの世のわずらわしい事柄から開放された、他の人には味わうことのできない、素敵な時間が待っているような気がします。

お父さんは、病院でリハビリの仕事をしながら、たくさんの認知症のご老人とかかわる中で、「認知症っていいいな」と思う時があります。

和やかに、穏やかな表情でお話をしているご老人たちの会話に交ぜてもらうと、自分にはよくわからない内容の話でも、ご老人たちは不思議にわかり合って楽しんでいるのです。

重度の認知症の方の場合には、その方の魂はすでにこの世には存在せず、悩み苦しみのないどこか違う世界に存在しているかのように思える時があります。

そんな時、「認知症になってかわいそう」と思われがちな方々は、実は私たちの知らない「幸せな世界」で生きている住人であるかのように思えてしまうのです。

もちろん、認知症になった人のほうが幸せだ、と言っているのではありません。

ただ、お父さんは、自分自身が認知症になりたくない、とは思っていないのです。

人それぞれ、一人ひとり違った形の老後が用意されていて、いろいろな形の幸せがあるのでしょう。

認知症にならない幸せ、認知症になれる幸せ、いろいろあっていいのでしょう。

おばあちゃんの場合には、認知症になったことで、認知症にならなかった人とは、かなり違った「幸せの形」が神様から与えられたということなのです。

(6) 希望の光が灯った

脱線した話を戻しましょう。

日中は1人で過ごさなければならないおばあちゃん。申請している最上町のグループホームは待機中のままである。この線での入居は期待が薄いかもしれない。最上町の隣、宮城県鳴子町の中山平地区（現在は宮城県大崎市鳴子温泉）にグループホームがあるらしいことを聞いていた。こちらにも急いでアプローチをかけたほうがいいな。

しかし、当面の間、ヘルパーさんの身体介護をお願いしてこの状況を乗り越えるしかない。

さっそく、担当ケアマネージャーの松田さんに電話をして緊急にホームヘルプサービスをお願いしました。

本当に頼りになる松田さん。すぐに自宅に駆けつけてくれて、ケアプランの変更について打ち合わせを行いました。

それまで週3回だったデイケアを週4回に増やし、その他の日にはヘルパーさんに来てもらいオムツ交換をしてもらう。清潔の確保と同時に、軽食と水分補給のサービスをお願いしました。

翌日にはヘルパー主任の荒川さん（仮名）が訪問してくれて、サービス内容の詳細な打ち合わせを行いました。優しくて、温かそうなお人柄の荒川さん。この人ならきっと雅さんを丁寧に介護してくれるはず。

明日は雅さんを1人残して山形に帰らなければならない。そんな不安と心配で重たくなっていた胸の中が、優しそうな荒川さんの笑顔を見て、少し軽くなったように感じました。

翌日、最上町に帰ってきたお父さんは中山平にあるグループホームに電話をしました。グループホームの名前は「ふかふか・はうす」。なんだか楽しくなるような、ほのぼのとした名前です。

東京のおばあちゃんは、今や自分ではうんこもふけない状態です。とにかく急がなければなりません。

「どうかお部屋が空いていてくださいますように」祈るような気持ちで電話をかけました。

「お待たせしました、グループホームふかふか・はうすです」

「もしもし、私、最上町の笠原と申します。あの、認知症の母親のことで、施設入居の件でお電話させていただいたのですが……」

「はい、それではただいま所長に替わりますので少々お待ちください」

一つ深呼吸をして頭の中を整理しました。

「もしもし、お待たせいたしました、所長の深澤でございます」

「私、隣の最上町に住んでいる笠原と申しますが、実はわたくし実家が東京の清瀬市というところなんですが、そこに認知症の母親がおりまして……」と、要点をかいつまんでお話しした。

「そうでございますか、それはとてもお困りですね。実は私も東京に長く住んでおりましたから清瀬は知っておりますよ。西武池袋線の沿線ですよね……」

偶然にも所長さんも東京のご出身らしい。丁寧にお話ししてくださるご様子から、困っている自分をいたわってくれる優しい心遣いを感じることができました。

「今、私たちの家ではお部屋が一つ、空いているんですよ。ぜひ一度いらしてご覧になってください」

この所長さんの言葉を聞いて、お父さんの心に希望の光が灯りました。

「おばあちゃんが、ふかふか・はうすに入れるかもしれない」

暗闇の中で、進むべき方向が見えなかった道が急に明るくなって、その道がお花畑に囲まれたふかふか・はうすに通じているような感覚を覚えました。

「ありがとうございます。ぜひ見学させてください。明日土曜日で仕事が休みですから、さっそく明日、うかがってよろしいですか?」

「こちらはいつでもお待ちしています。明日は私もおりますので、どうぞいらしてくださ い」

「よかった。本当によかった。このチャンスを絶対に逃してはならない。明日ふかふか・はうすに行ったら、その場で所長さんにお願いしてこよう」長い長いトンネルをようやく抜け出せる、そんな嬉しさがゆっくりと込み上げてきました。

（7）バトンタッチ

次の日、車で「ふかふか・はうす」に向かいました。自宅からちょうど20分くらい。広い牧草地には放し飼いにされた牛の姿があり、赤や黄色に色づいた紅葉真っ盛りの山に囲まれた、まさしく里山の雰囲気満点のところだ。日本の田舎の風景百選に選ばれそうな、田舎好きにはたまらない、絶好のシチュエーションといってもいいでしょう。

ふかふか・はうすのお庭には、コスモスやサルビア、マリーゴールドなどがきれいな花を咲かせ、4頭のヤギと大きな犬が、見事なほどに里山の雰囲気と調和していました。

駐車場に車を止めて玄関に近づくと、中庭で花壇の手入れをしている、優しそうなおじさんがいました。

「笠原さんですか？　私、所長の深澤です」

「あれっ、花壇のお手伝いをしている人かと思ったら所長さんだった」一瞬意表をつかれて驚いたが、すぐにまじめな顔をしてご挨拶をしました。

「お電話させていただきました笠原です。今日はよろしくお願いいたします」

お父さんが音のうるさいスポーツカーで訪れたため、所長さんも少し驚かれたご様子でした。

「どこかの若い人が道を間違えて来たのかと思いました」なんて言われてしまいました。なんだか面白い初対面になってしまいましたが、所長さんはとても優しい眼差しで出迎えてくれました。

暖炉のある山小屋風のお部屋に案内されたお父さんは、おばあちゃんのことについて、これまでの経緯を簡単にお話ししました。

おじいちゃんが亡くなった後、おばあちゃんの認知症が急激に進んでしまったこと。痔の手術をきっかけにオムツをはくようになり、現在は上手にうんこもふけない状態でいること。

史郎君が仕事をしながら必死な思いでおばあちゃんの介護をしていること。そんな状態で日中1人で生活しなければならないおばあちゃんのことが心配でたまらないこと。1日でも早く安全な生活をさせてあげたいのに、入居できる施設がなくてとっても困っていること。

お父さんは素直に所長さんにお話ししました。

所長さんは困っているお父さんの気持ちを十二分に察してくださり、一つ一つの話を丁寧に聞いてくれました。

暖炉に薪をくべ、一段と暖かくなったお部屋で、所長さんは、「ふかふか・はうす」設立の経緯について、ご自分のこれまでの歩みとあわせてお話をしてくれました。

東京生まれの東京育ち。商社マンとしてお仕事をしている時に、生涯学習社会人セミナー「三輪学苑」で学ぶ機会を持った。そこで自然保護やブナ林の話を聞いたことがきっかけで、秋田県の白神山地を訪れ、大自然の素晴らしさに魅せられていったとのことです。

「もっと納得できる生き方があるのではないだろうか」と思い始めた頃、たまたま図書館で老人問題に関する本を読んだ。高齢になったご自身のお母様への思いとも重なり、老人問題に興味を持つようになっていった。そんな時、小規模で家庭的なケアができるグループホームの存在を知り、先駆とも言える施設を訪ね、自分の進むべき方向を確信したとおっしゃっていました。

山歩きの仲間を通して知り合った漆作家の佐藤建夫さんとの出会いが、鳴子町（現、大崎市）の中山平の地にグループホームを作りたいという所長さんの強い気持ちを生んだ。

55歳で会社を辞め、大事な退職金と蓄えをつぎ込んでグループホームを作りたいという必死の思いが町の人の心を打ち、当時の鳴子町が介護保険施設の一つとして後押しをしてくれた。

所長さんの燃えるような熱い思いと地元の方々の理解、鳴子町の後押しがあってようやくできあがったのがグループホーム「ふかふか・はうす」です。

静かな口調で語る謙虚なお姿の中に、所長さんの強い信念としっかりとした哲学を感じることができました。

「この人ならおばあちゃんを任せられる。大切なおばあちゃんをきっと守ってくださる」

所長さんのお話をうかがっていて、なにか不思議なご縁を感じました。

亡くなる前日まで認知症のおばあちゃんのことを心配して、療養先のリストをお父さんに託した東京のおじいちゃん。障害児や障害者の方々の目線になって仕事をし続けたおじいちゃん。そんな東京のおじいちゃんの姿と、認知症老人の目線に立って施設運営を実践されている所長さんのお姿が、不思議に重なり合ったのです。

「おじいちゃんが所長さんに、〝バトン〟を渡してくれたみたいだな」

おばあちゃんが幸せに生きていけるように、たとえ重度の認知症になっても、おばあちゃんが人生の最終章を安らかに過ごせるように、おじいちゃんから所長さんに「看取りのリレー」がされたように感じました。

「今日、私たちの家を見ていただいて、よろしければどうぞお入りになってください」

所長さんの声が、所長さんの眼差しが、天国にいるおじいちゃんのように思えました。

「ありがとう、お父さん。こんな素晴らしい出会いを用意していてくれたんだね」

これからおばあちゃんを託す所長さんに、そして見守ってくれているおじいちゃんに、お父さんは心から感謝しました。

所長さんに連れられて、「ふかふか・はうす」の中を案内していただきました。

食堂を兼ねた広いリビングで、おばあちゃんたちがお茶を飲んでいました。とっても穏やかな空間であり、ゆったりと時間が流れているようでした。

あらためて入居させていただきたい気持ちを所長さんに伝えると、その場で了解してくださいました。

帰りの車の中でしみじみと思いました。

「よかった。ようやく長かった闘いを終えることができるな」

清瀬の家で、今現在もおばあちゃんの介護に奮闘している史郎君に電話をしました。「ふかふか・はうす」に見学に行ってきたこと。所長さんもすごく頼れる人だし、職員の方々もとても親切であること。お部屋が一つ空いていて、いつでも都合のよい時に入居していいと言われたこと、などを報告しました。

史郎君は心から喜んでくれました。

今のおばあちゃんの状態を考えると1日も早く入居したほうが安全です。次の週の土日を利用して、おばあちゃんを施設に連れてこようということになりました。11月6日の日曜日をおばあちゃんの入居予定日に決めました。

「あと1週間だから、おばあちゃんも史郎君も頑張れ！」お父さんは最後の応援をしました。

（8）おばあちゃんが「ふかふか・はうす」にやって来た

2日後の夕方、お父さんの携帯電話に史郎君から連絡が入りました。

史郎君の話を聞いてびっくり。史郎君が仕事に行っている間におばあちゃんが1人で外を徘徊してしまったらしい。近くにある明治薬科大学のグラウンドで倒れているところを学生さんに発見され、救急車で東京都多摩老人医療センターに運ばれたそうだ。肋骨を骨折し、とりあえず今日は入院するということでした。

「ここに来て、やってくれたな。もう少しでふかふか・はうすに入れたのに」

肋骨骨折ならば、おばあちゃんは痛くてつらいだろうが歩くのには支障はない。幸いにも明日退院できそうなので、「ふかふか・はうす」への入居は予定通りにしようと相談しました。

次の日、仕事をしているお父さんの携帯電話に、また史郎君から電話が入りました。退院したおばあちゃんが、今度は42度の高熱を出し救急車で田無病院に運ばれたと言う。肺炎にかかっているために、2週間くらいの入院になるようです。

「またまた、よくもいろいろなことが起こってくれるもんだな」11月6日の入居は不可能になりました。肺炎が治りおばあちゃんが落ち着いた時点で「ふかふか・はうす」に入れるように、入居予定日を延期してもらうことにしました。

入居間際になって、たて続けに起こったどたばた劇であったが、おばあちゃんの肺炎も治り、ようやく退院の運びとなりました。

平成17年の11月24日、「ふかふか・はうす」への出発の朝、おじいちゃんの仏壇に向かって史郎君が手を合わせている。きっと、おじいちゃんに報告しているのでしょう。お父さんも、おじいちゃんに出発の挨拶をしました。

「ようやく、ようやく、ここまでたどり着きました。史郎君がこれまで本当に頑張ってくれました。今度は俺の番です。俺と山形にいる俺の家族で、しっかりとお母さんを守っていきます。心配することは何一つありません。すべてが、必ずうまくいきます。」

車に荷物を積み込み、おばあちゃんと史郎君、お父さんの3人は、おばあちゃんの新しい生活の地、宮城県大崎市鳴子温泉にある「ふかふか・はうす」に向けて出発しました。

おばあちゃんが「ふかふか・はうす」にやって来た。この日は皆が長い間待ち望んでいた希望の日になりました。おばあちゃんが人生の最終章の扉を笑顔で開いた日となったのです。

11月の最後の土曜日、その翌日に行われるつくばマラソンに出場するために、お父さんは東北新幹線「やまびこ」に乗って清瀬に向かいました。最寄りの新秋津駅の改札を抜け、通い慣れた実家への道を歩きながら、今までとは違う景色に気づきました。駅前の商店街、道行く人々、踏み切りを横切る電車、見慣れた住宅街、そのどれもが不思議なほど静かな存在に感じられるのです。

玄関の鍵を開けて誰もいない家の中に入ると、居間や台所に貼り付けられているいろいろな貼り紙が、そのままの姿で残されています。

「長い、闘いだったな」独り言が思わず口をついて出てきました。

雅さんは史郎と清瀬の家に住んでいます。
史郎は夕方4時に帰ります。
外に出ないで、家の中にいてください。

火・木・金・土はデイケア。

月・水・日はヘルパーさん。

雅さんが山形に来るまで、頑張ってください。


もう必要ではなくなった、こんなさまざまなメッセージがずいぶん過去の出来事のように、ある種の懐かしさを漂わせているように感じられました。

「ようやく、終わったな」「なんとか、なったな」

決して悲観的にならず、必ずやいい結果になると思い続けた信念の勝利であると、おばあちゃんを介護し続けた史郎君に、遠い山形の地から応援し続けた自分に、とても誇らしい気持ちが湧いてきました。

おじいちゃんの仏壇の前に正座して嬉しい報告をしました。

「おばあちゃんは、ふかふか・はうすで元気に生活しています。床暖房の効いた暖かいお部屋で、おいしい食事も食べられるし、お風呂にも入れてもらっています。心配することはなにもありません。すべてがうまくいっています」

最後の最後までおばあちゃんのことを心配していたおじいちゃん。今頃は、ほっと胸をなで下ろし、天国からふかふか・はうすの中を覗き込んでいるかもしれません。

さあ、明日はフルマラソンだ。このところ練習がほとんどできていないので攻めの走りができるわけがない。途中で救急車のお世話にならない程度に、ゆっくりと走ろう。

おばあちゃんが、「ふかふか・はうす」に入れたことに感謝して、長い間の闘いに勝利した我ら兄弟の頑張りをかみしめながら42・195キロを楽しんで走ろう。きっと今までで、一番幸せな気持ちでゴールできるような、そんな気がした。

第九章　きっと、みんな、つながっている

（1）すべての生命は「ひとつながり」のもの

だいぶ長い話になってしまいましたが、東京のおじいちゃん、おばあちゃんの生活の一場面を交えながら、君たちにお話をしてきました。

おじいちゃんが、生きるために挑戦した闘病生活の姿から、認知症になったおばあちゃんの生きる姿の中から、人間が生きていくことについて、君たちなりの感性で感じてもらえることがあれば、とても嬉しいことです。

どうして人間は生きているの？　私は何をするためにこの世に生まれてきたの？　こんな疑問に答えることはやはりとても難しいし、人それぞれ、その考え方が違っていて当然のことだと思います。

私は、素直な気持ちになってみると、きっとこうかなって思います。

なんで人間は生きているのだろう？

それは、みんな幸せになるために、喜びを感じるために、生きているのではないだろうか。

どこに、不幸になるために生きている人がいるだろうか。悲しみを感じるために生きている人がいるだろうか。不幸になりたい人、悲しい思いをしたい人なんて、絶対にいないはずです。

みんな喜びを感じ、幸せになるために生きているに決まっている。

では、どうしたら喜びを感じ、幸せになれるのだろうか？

それは、きっと、自分自身のことを心から大切にしてあげること、そして自分以外の人のことも、とっても大切にしてあげること、そうすることで、喜びを感じ幸せになれるのではないでしょうか？

そして、その対象は人間だけではなく、動物でも、植物でも、大自然でも、私たちの住んでいる地球だっていいのでしょう。

自分自身を大切に思い、自分以外の人のことも大切に思うこと、自分自身を愛し、自分以外の人のことも同じように愛すること。そういう思いの中にこそ、喜びと幸せに通じるエネルギーが潜んでいるように思います。

どうして、自分を愛し、自分以外の人をも愛することが幸せに通じているかって？

それは、きっと、みんな、つながっているから。

自分の命も、その他の人の命も、動物の命も、植物の命も、すべての命は、きっと、みんなつながっているから。

きっと、みんな、つながっているから、誰かに優しくできた時、それは自分が優しくされたように嬉しくて幸せを感じるのでしょう。

きっと、みんな、つながっているから、人を愛せた時、動物を愛せた時、草花を愛せた時、それは自分が愛されたように嬉しくて、幸せを感じるのではないでしょうか。

「この地球上の、そして大きな宇宙の中のすべてのものは、ひとつながりである」こんな考え方をしている人たちが、とても多くなってきているように思います。

私の大好きな本「地球《ガイヤ》のささやき」（角川書店）の著者、龍村仁さんはその著書の中でこう言っています。

「国も違い、文化も違い、専門の分野も違う世界のさまざまな人々が、今、異口同音に、同じ事に気づき始めている。

世界的な遺伝子学者も、宮大工さんも、ダンサーも、小説家も、それぞれが自分自身に固有な体験を通して、究極で同じことに気づいている。それを一言で言い表すのは不可能だが、敢えて言ってしまうと、すべての生命は、その個体性、種の違い、時代の違いを超えてひとつながりのものであり、私たちはその大きな宇宙的な生命の一部分として、今ここに生かされているのだ、という気づきだろうか。」

これは、映画監督の龍村仁さんが、地球に生きているさまざまなジャンルの人々の生き方や自然観をまとめ、ドキュメンタリーの手法で3分のCMを作成した際の感想として語った言葉です。世界で活躍するさまざまな分野の人たちが、それぞれの固有の体験を通して「すべての生命はひとつながりのもの」であるという気づきをしているというのです。

(2) 自分に感謝している人たち

「地球のささやき」の中には、とっても不思議な人がたくさん登場してきます。

トマトと話ができる人。山と話ができる人。象と話ができる人。古代のケルト民族と話ができる人。そして地球そのものと話ができる人。

これらの人は有能な超能力者でもなければ、特殊な能力を持って生まれた人でもありません。みんな普通の人で、有名な植物学者であり、登山家であり、野生動物保護活動家であり、歌手であり、宇宙飛行士であるような人たちです。

トマトと話ができる人、植物学者の野澤重雄さんは、トマトと話ができたおかげで、たった一粒のごく普通のトマトの種から、1万3千個も実のなるトマトの巨木を作ってしまいました。

登山家のラインホルト・メスナーは、酸素ボンベも持たず、たった1人で、世界の8千メートル級の山すべてを登りつくしました。

野生動物保護活動家のダフニー・シェルドリックは、野生にいるメスの象エレナと協力しながら、密猟者に親を殺された象の赤ちゃんを育て野生に帰す活動をしています。

アイルランドの歌手エンヤは、自然との調和の中で生きた古代ケルトの魂を美しい歌声に乗せてよみがえらせ、世界的なヒットを次々に飛ばしています。

アポロ9号の乗組員だった宇宙飛行士ラッセル・シュワイカートは、宇宙飛行士たちの国際組織ＡＳＥを創設し、地球との対話の内容を世界中の人たちに伝える活動をしています。

どうして彼らは像やトマトと話ができたり、８千メートル級の山々に酸素ボンベもつけずたった１人で登るなど、奇跡とも思えることができたのでしょう？

彼らへのインタビューを重ねるうちに、龍村監督は彼ら全員に共通の雰囲気があることに気づきました。

彼らはみんな自分に感謝している。自分が、体を持ってこの世に生きていることを心から喜んでいる。その喜びが、言葉を超えて、体から直接伝わってくる。

自分の生命が、自分の所有物ではなく、太古から連綿と受け継がれてきた大きな生命の一部分であることを、頭ではなく体で知っていて、その「からだ」に感謝しているのです。

トマトや象と話をしたり、山の天気を予知したり、過去の魂と交流したりする能力は、どうも、自分と自分の体との対話から生まれているようです。

私たちは間違いなく、かつてこの地球に生きたすべての人々とひとつながりであり、今、生きているすべての人とも、ひとつながりなのです。

現代人の多くは、この「ひとつながり」の感覚を忘れかけています。忘れることによって、トマトや象と話す言葉を失い、祖先や他者との連帯感を失い、そして、自然や地球そのものと対話できなくなっている、と言っています。

宇宙飛行士として宇宙体験をした人々に話を聞いてみると、人それぞれ顔や性格が違うように、一人ひとりみんな違っているのですが、そこに一つの共通体験が見えてくるそうです。

それは、彼らはみんな宇宙で、「私」という固体意識が一気に取り払われるような体験をしているということです。「私」という固体意識から「我々」という地球意識への、意識の変革を体験しているのです。

宇宙空間にいる時に、シュワイカートは地球そのものへの深い連帯感を感じました。

「今、ここにいるのは『私』であって『私』でなく、すべての生きとし生ける者としての『我々』なんだ。それも今、この瞬間に眼下に広がる、青い地球に生きるすべての生命、過去に生きたすべての生命、そしてこれから生まれてくるであろうすべての生命を含んだ、『我々』なんだ」

なんとも不思議な話ですが、実際に宇宙を体験した宇宙飛行士が、理屈ではなく体験として「すべてがつながっている」と感じることができたそうです。

（3）「集合的無意識」ユングさん

そして、この「つながっている」ということについて、有名な心理学者も同じことを言っています。

「集合的無意識の仮説」を提唱したユングさんという人です。私は心理学の勉強なんてしたことがないからよくわからないけれど、少しだけ知っています。

人間の心は二重構造になっていて、日常の生活の中で自覚している「意識層」と普段はまったく意識されていない「無意識層」があります。

この「無意識」を発見して「深層心理学」という新しい分野を切り開いたのがフロイトさんという人です。

このフロイトさんの弟子で、人間の「無意識」についてさらに研究を進め、その結果「集合的無意識」という考え方を提唱したのがユングさんです。

集合的無意識を唱えたユングさんは次のように言っています。

「人間の『無意識』は、個人に所属するのではなく、全人類に共通であり、つながっている」と。

人と人とは、意識の深いレベルでは一人ひとりつながっていて、全人類的にみんながひとつながりになっている、というのです。

「宇宙の根っこにつながる生き方」（サンマーク出版）の著者、天外伺朗さんはその著書で次のようにわかりやすく説明してくれています。


「集合的無意識」には、親族の無意識とか民族の無意識とか、いろいろな階層があるようですが、しかし究極的に「無意識」は、奥深いところで全人類につながっているというわけです。

これは、例えばアルプスの山々を想像してみるとわかりやすいかもしれません。

「穂高」とか「槍ヶ岳」とか「白馬」「乗鞍」などの各山は、頂上だけを見ていると、それぞれが独立した山のように見えます。しかし、それぞれの山々は連峰として連なり、さらには山脈を形成し、また麓まで含めれば、すべての山々は一つにつながっていることになるでしょう。それと同じです。

個人の「無意識」は、別々のもののように見えても、階層ごとにつながりの輪が広がっていき、奥深いところでは、全人類的につながっているということになります。
もし、ユングのいうとおりなら、本当の自分自身、真実の人間性をもった「自己」は、表面の自己を掘り下げていった奥底にあります。そこではみんなつながっていて、自分も他人も区別がありません。

したがって、かりに競争の中で他人を蹴落とせば、深いところで自分自身を蹴落とすのと同じことになるのです。また、他人の心の痛みを自分の心の痛みとして感じられる人は、本当の自分自身とどこかでつながっている人なのでしょう。
「虫の知らせ」とか「胸騒ぎ」とか「テレパシー」、あるいは「以心伝心」などという現象は、人間の心と心がどこかで網の目のようにつながっていなければ、ありえないことではないでしょうか。ユングは、これを学問的に追究し、そこからこの「集合的無意識の仮説」を導き出したのです。

人間の意識の深いところには無意識と呼ばれる領域があって、その無意識がみんなの無意識とつながっている、なんていう考え方は、初めて聞かされた時には驚くかもしれませんね。私も驚きました。

とても驚いたけれど、何年も時間をかけて消化していくと「なるほど、そうかもしれないな」って思うようになるものです。

少し関心を持ち始めると、いろんな人が、それぞれの表現方法で、同じような考え方を教えてくれていることに気がつきました。

ユングさんという、とても有名な心理学者がこのように考え、現代社会においても学問的に認められているようですから、きっと多くの人々に共通認識されるべき考え方なのではないでしょうか。

(4)「宇宙は二重構造」ボームさん

「みんな、つながっている」ということについては、非常に高名な物理学者、デビッド・ボームさんという人も、表現のしかたが違うだけで同じ意味のことを言っています。

「宇宙は二重構造になっており、我々がよく知っている物質的な宇宙（明在系）の背後に、もう一つの目に見えない宇宙（暗在系）が存在します」

「その見えない宇宙（暗在系）には、物質的な宇宙（明在系）のすべての物質、精神、時間、空間などが全体としてたたみ込まれており、分離不可能です」と。

少々わかりにくいのですが、天外伺朗さんはこのように説明してくれます。

「明在系」すなわち物質的な宇宙を「この世」、「暗在系」すなわち目に見えない宇宙を「あの世」という平易な言葉に置き換えてみると、どうでしょう。

「この世」と「あの世」は表裏一体であるということ。要するに、「この世」と「あの世」は別のものではない、両方が合わさって一つの宇宙を形成しているということです。

「この世」と「あの世」が表裏一体であると言われたら、ますますわからなくなってしまいますね。

わかりやすい例として、テレビの「画像」と放送局から送られている「電波」との関係を考えると、どうでしょう。

テレビの「画像」が見えるということは、空中に電波の広がった世界「電磁界」があるということですね。電磁界は目に見えないけど、電磁界があるから、それを家庭のアンテナで受信して画像がみられるのです。

では、テレビを消したら「画像」は消えてしまいますが、電磁界はどうでしょう。テレビを消して「画像」が消えても、電磁界は、そのまま、そこに存在しますね。

テレビの「画像」が消えたからといって、空中の電波がなくなって、電磁界がなくなった、ということにには、なりませんね。

テレビの「画像」の有無に関わらず、「電磁界」はいつも存在しますね。

テレビの「画像」が「この世」のイメージ、空中を飛んでいる電波「電磁界」が「あの世」のイメージ、としたら、いかがでしょうか？

「この世」と「あの世」は別物ではなくて、表裏一体の関係であることがイメージできるでしょうか？

「電磁界」がなかったら、「画像」をテレビで見ることができません。

「あの世」がなかったら、「この世」が存在しなくなっちゃいます。

こんなふうに考えると、少しイメージできるのではないでしょうか。

ボームさんのお話、「宇宙は二重構造になっており、我々がよく知っている物質的な宇宙（明在系）の背後に、もう一つの目に見えない宇宙（暗在系）が存在します」

これを、言葉を置き換えると、テレビの「画像」の背後には、もう一つの目に見えない世界「電磁界」があるんですよ、といったイメージでしょうか。

ボームさんの、このような考え方、仮説を「ホログラフィー宇宙モデル」と呼ぶそうです。

これは、ニュートンからアインシュタインを経て発展してきた、物質中心の近代科学の限界を打ち破り、精神世界をもその対象にした新しい学問体系を樹立しようというもので、「ニューサイエンス」あるいは「ニューエイジ・サイエンス」と呼ばれています。

「ホログラフィー宇宙モデル」の詳細については専門書に譲りますが、その根本的な考え方「目に見えない宇宙には、物質的な宇宙のすべてがたたみ込まれている」という部分は、ユングさんの言った「無意識の奥底では、みんながつながっている」ということに非常に近い内容を言っているように思います。

（5）きっと、みんな、つながっている

有名な心理学者も、最先端を行く物理学者も、世界で活躍する人々を映像にしている映画監督も、その言葉や表現方法に違いはあっても、そのエッセンスの部分ではみんな同じことを言っています。「みんな、つながっている」と。

そして、私も、思います。「きっと、みんな、つながっている」と。

東京のおじいちゃんも、おばあちゃんも、お父さんも、お母さんも、君たちも、そしてこのうちの「じい」も「ばあ」も、きっと、みんな、つながっている。

学校のお友達も、担任の先生も、校長先生も、そして近所のおじちゃん、おばちゃんも、隣の町の人たちも、その隣の町の人たちも、きっと、みんな、つながっている。

君たちが大切に育てているハムスターのハムちゃんたちも、ほったらかしにしている金魚も、学校で飼っているウサギさんも、前森高原のお馬さんも、きっと、みんな、つながっている。

庭にあるいろいろな草や花も、畑にできるトマトやキュウリやトウモロコシも、「じい」と「ばあ」が一生懸命育てている田んぼの稲も、きっと、みんな、つながっている。

きっと、みんな、つながっているから、自分のことを大切にしたり、頑張っている人

を応援したり、白髪頭のおじいさんに席を譲ってあげたり、生まれた子犬を可愛がって育てたり、きれいな花に水をあげたり、おいしいお米を感謝して食べたり、道端に落ちているゴミを片づけたり。そんな小さなことでも、そう思う心の中には、幸せにつながる大きな喜びがたくさん詰まっているように思うのです。

人に優しくしてあげること、それは、自分が優しくしてもらうこと、とおんなじです。

人に意地悪をすること、それは、自分が意地悪されること、とおんなじです。

人を傷つけること、それは、自分が傷つけられること、とおんなじです。

だって、きっと、みんな、つながっているんだから。

すべての生命は「ひとつながり」のもの。こんな考え方を教えてもらった私は、とってもよかったなって思います。

「すべての生命は、その個体性、種の違い、時代の違いを超えてひとつながりのものであり、私たちはその大きな宇宙的な生命の一部分として、今ここに生かされている」

こんな考え方、とってもいいでしょ。いいと思うんだけどな。

私は、大好きな中村天風先生の言葉を思い出します（「運命を拓く」講談社）。

「いったい、お前という人間は、この世になにをしに来たのだ」

「わからないだろうなあ。しかし、そんなこともわからずに、よく生きてこられたもんだ」

若き天風（中村三郎）が、カリアッパ師に、こてんぱんに、やっつけられてしまう。

「ぜいたくをしにきたのでもないし、病をわずらうために出てきたのでもない。なにか人間以外にできないことを人間にさせるために、他の生物にない力を与えられているのだ」

「我が生命は、大宇宙の生命と通じていて、人間は、宇宙の進化と向上に順応するために、この世に生まれてきたのだ」


ヒマラヤの麓、カンチェンジュンガのヨーガの里で、若き天風がカリアッパ師と過ごした日々が、再び目に浮かんできます。

ヨーガの里での体験が、その当時、死の病とされた「奔馬性肺結核」を患っていた三郎を、哲人天風に飛躍させたのである。

日本に帰った天風は、「天風哲学」の伝道者として、世の人々に大きな影響を与えました。

そんな、天風先生の、威勢のよい声が聞こえてくるみたいです。


「人間はこの世に悩むために来たのではないだろう。心配するために来たんではなかろう。悲観するために来たのではないだろう。つまり、一生を暗く生きるために来たのでは断じてない。まこと尊きかな、人間は進化と向上という偉大な尊厳な宇宙法則を実現化するために、この世に生まれてきたのである。」


自分が「大宇宙とつながっている」という感覚。私は、とっても大好きです。

「きっと、みんな、つながっている」この思いは、人が自分の人生を生きていく上で、大切な「心の土台」の一つになるのではないでしょうか。

第十章　ずっと前からソウルメイト

（1）もしかしたら、もしかして？

前章の中で触れた「命のつながり」についてのお話、興味が持てましたか？　お父さんは、東京のおじいちゃん、おばあちゃんから教えられたように感じています。

自分に与えられた命を大切にして生きること。それは自分以外の人の命をも大切にして生きることと同じだということ。

自分以外の人の命を大切にして生きること。それは自分に与えられた命を大切にして生きることと同じだということ。

もし、自分の命を大切にしていない人がいたら、その人は友達の命も大切にしていないということと同じです。

もし、友達の命を大切にしていない人がいたら、その人は自分の命も大切にしていないということと同じです。

その理由はわかりますね。「生命のつながり」ということを考えると、東京のおじいちゃん、おばあちゃんは自分たちの生きる姿を通して私たち家族に、そして周りの人たちに大切なメッセージを伝えてくれたのではないでしょうか。

「生命のつながり」という話から少し発展して、「心と心のつながり」「魂と魂のつながり」という事柄についてもう少し話を聞いて下さいね。

前章では、映画監督の龍村仁さん、心理学者のユングさん、物理学者のボームさんの言葉を借りながら、すべての命がきっとみんなつながっている、という考え方を紹介してきました。

もし君たちが初めて耳にする話でしたら、きっと驚いたことでしょうね。

そんな君たちに、もう少し驚くようなお話、ソウルメイトに関するお話もしてみたいな、と思います。

ある人にとっては理解しがたい変わったお話として、ある人にとっては今まで考えもしなかった不思議なお話として、ある人にとっては心躍るような夢のようなお話として、聞く人の心の状態によって、いろんなふうに聞こえることでしょう。

「ソウルメイト」この言葉は「心の友、魂の友」もしくは「魂の伴侶」とでも訳すことができるでしょう。

お父さんとお母さんは、ずっとずっと前から「魂の伴侶」だったというお話。

そしてお父さんと君たち、お母さんと君たちも、この世に生まれるずっと前から、百年も？　千年も？　前から、ずっと「心の友」であり「魂の友」であった、というお話です。

なんだかびっくりするようなお話でしょう。こんな夢のようなお話を、君たちにはぜひしてあげたいと思っていました。


このお話を、上手にわかりやすく教えてくれた人は飯田史彦先生という人です。

飯田先生は福島大学の経済学部経営学科の助教授で「人事管理論」を専門に研究している研究者です。企業で働く人々の「働きがい」を向上させるにはどうしたらよいか、このような研究を進めるうちに、「働きがいの向上」にとどまらない、人間の「生きがい」についての研究をしていかれたようです。

飯田先生の「生きがい論」の中で、主要なテーマになるのが「死後の生命」や「生まれ変わり」に関する研究です。

「死後の生命」や「生まれ変わり」なんてことが本当にあるの？　君たちはきっと驚くでしょうね。そんなこと、とても信じられない、と考える人も多いと思います。

そのように、「死後の生命」や「生まれ変わり」について、今まで関心がなかったり、知識のない人にでも、とてもわかりやすく教えてくれているのが、先生の著書『生きがいの創造』という本です。

飯田先生は、大学の先生らしく、学術的かつ客観的な立場を守るために、名の通った大学の教官や博士号を持つ研究者、その他さまざまな臨床医のお医者さんの研究を中心に、数多くの文献を引用しながら、「死後の生命」や「生まれ変わり」のしくみに関する科学的研究の成果を『生きがいの創造』の中で、わかりやすく紹介してくれています。

その中の一つに「ソウルメイト」という考え方があるのです。

人間は死んでしまったらそれで終わり、というものではなくて、人間の魂は何度も何度も生まれ変わりながら、魂の成長を続けていく、という考え方です。

いわゆる「輪廻転生」というものですが、この考え方は特に新しい考え方ではなくて、ずいぶんと古い時代から、チベットとかインドなど東洋の国々の文化の中には深く根づいている思想のようです。


人間の魂は、時や場所、あるいは性別を変えながら、何度も生まれ変わり、成長を続けるそうですが、その魂は、あるグループで生まれ変わりを繰り返す、と言うのです。

グループで生まれ変わりを繰り返す集団のうちでも、特に強い結びつきにある魂同士が「ソウルメイト」だそうです。

夫婦の関係になった人や、親子の関係になった人とは、とても結びつきが深いですね。

そういう人たちとは、この世で生きている間だけのお付き合いではなくて、生まれる前から、「前世」や「過去生」からずっと知り合いであった、というのです。

時代を変えて、場所を変えて、さまざまに環境を変えながらもソウルメイトとして、どこか別の現実社会の中においても出会い、一生の間に、お互いに魂の成長を助け合いながら生活をしていくものだそうです。

お父さんと君たちとが、君たちがこの世に生まれて来て初めて「こんにちは」と初対面をしたのではなくて、過去のどこかの時代で「出会っていた」と考えたらどうでしょう。

なんだか、とっても不思議な感じだけど、なかなかいいでしょう。

「お母さんとならいいけど、お父さんとは会いたくなかった」と言われてしまうかもしれませんね。そんなことは、言ってくれるな。お互い様なんだから。

君たちが生まれた時に、お父さんは思いました。「君に出会えてよかったな」って。

我が子が生まれた時、どこの親御さんでも思うことでしょう。「この子に出会えてよかった」と。きっと、その時の感動は言葉では言い表すことができないし、忘れることはできないでしょう。

そして、その出会いが単なる偶然に起こった出会いだと考えるでしょうか。きっと、大いなる自然の力によって、深い深いご縁があって、こうして我が子と出会うことができた、と感じている人たちが多いと思います。

待ち望んだ我が子と出会った時の感動は、「ソウルメイトとして、再び再会することができた」という、無意識の喜びであるかもしれません。

お父さんが君たちと初めて出会った時、その時には「ソウルメイト」などということは思いもしませんでした。

お母さんの横に寝ている君たちを見て、初めてこの手に抱いた時、ただただその出会いに感動し、不思議な感覚を味わうばかりでした。

それでも、なんと言うか、ようやく出会えたような、ずっと前から知り合いであったような、なんとも言えない懐かしい感覚に包まれたことを覚えています。

初めて会ったのに、初めてでないような、不思議な感覚です。

もしかしたら、もしかして、過去のどこかの時代にどこかの場所で、私たち家族は、笑ったりけんかをしながら、一緒に生活をしていたことがあったのかもしれませんね。

親子や夫婦の関係だけではなく、兄弟姉妹として、恋人として、親友として、もしくは先輩後輩として、同僚としてなど、深い人間関係を築く人たちとはソウルメイトであると言います。

そして、ソウルメイトとは常によい関係にあるのではなく、時として反発し合ったり、敵対関係にある場合もあるそうです。

仲のよい場合も、仲が悪い場合も、なにかの意味があってソウルメイトとしての関係を続けていって、お互いの魂が成長し合えるように、組み合わせがされているようです。

飯田先生の『生きがいの創造』の本文より、いくつかを引用してみましょう。

「ブライアン・ワイス博士の被験者たちによると、ソウルメイトを持つことの意味は、たいてい夫婦として生まれ変わるが性別は交代するもう一つの魂と、数多くの人生を共に生き、喜びや悲しみ、成功や失敗、愛や許し、怒りや優しさ、そしてとりわけ、終わりのない成長を共に分かち合うことであるといいます。

したがって、ソウルメイトは、今回の人生ではじめて出会った瞬間から、もうずっと前から互いに知っていたかのように、深いつながりを感じる相手であることが多いのだそうです」

「数人の被験者から中間生（あの世）での体験を聞いて、私たちは生まれる前に、その人生での家族を自分で選択するのだと、私は信じるようになった。私たちは、自分に最大の成長を与えてくれる人生パターンと、そのための状況、そしてそれを最も効果的にもたらしてくれる仲間の魂たちを、自分で選び出すのだ。そして多くの場合、その魂たちは、かつていくつもの人生で出会い、様々な形でお互いに影響を与え合った魂たちなのである」

「ワイス博士をはじめとする研究者たちは、人間の魂が、ひとつのグループとなって何度も一緒に生まれ変わっていることを指摘しています。生まれ変わりを繰り返すうちに、そのグループは次第に大きくなっていきますが、その核となるソウルメイトは、少人数のままで、ずっと同じ顔ぶれなのだそうです。

そして、過去のどこかで影響を与え合った魂たちと再び出会った時、私たちは、無意識に過去でのつながりを感じて、やはり過去生と同じ行動パターンをとってしまいます。その行動は、良い関係を築くものである場合もあれば、悪い関係を再現してしまう場合もあります。

たとえば、上司と部下、近所の人たち、先生と生徒、ときには国や組織の指導者として、対立し合ったり、助け合ったりするのです」

このような、退行催眠の研究者たちの成果について、ワイス博士は、次のように要約しています。

「ソウルメイトたちと共に、切磋琢磨してお互いに成長しながら、私たちは、生まれ変わりの段階を、ひとつずつ昇っていくのです。昔からの悪いくせを克服し、愛と喜びを十分に味わい、怒りや恐怖を消し去っていくのです。

今回の人生と同じ関係、同じ状況ではないかもしれませんが、たとえば父と娘が、友人、兄弟、おじいさんと孫といった関係として、これからも、何回も何回も出会いを続けていくのです」

ここに引用されているブライアン・ワイス博士は米国の精神科のお医者さんで、患者さんへの精神的な治療として催眠療法を行っている時に、その患者さんが過去生までさかのぼってしまったことをきっかけにして、この領域の研究に深く入り込んでいった人です。

詳しくはワイス博士の著書『前世療法』『前世療法2』や『魂の伴侶』、最近では『未来世療法』という本も出ていますが、これらの著書の中に、先に紹介した「生まれ変わり」や「前世」や「過去生」のこと、「ソウルメイト」に関することがたくさん報告されています。

たとえば、『魂の伴侶』という本は、世の女性が好みそうな「愛の物語」です。エリザベスとペドロという2人の患者が、不思議な糸に操られるようにしてめぐり合い、幸せになるまでの、本当にあった物語です。過去において何回もの人生をともに生きてきた二つの魂の物語で、私たち誰もが宇宙的なロマンの中に生きているということを教えてくれています。

将来、君たちが興味を持つことがあれば、お父さんのほこりだらけの本棚の中を探してみてくださいね。

(2) 生きがいの源泉

このように、「ソウルメイト」という考え方一つをとってみても、興味もなくなにも知らなかった時よりも、もしかしたら豊かな考え方ができるようになるかもしれませんね。

飯田先生は言っています。

この本『生きがいの創造』の目的は「死後の生命」や「生まれ変わり」の存在そのものを証明することではありません。「死後の生命」や「生まれ変わり」が本当にあるのかどうかという「真理」については、「いずれ死ねばわかることでしょう」とお答えすることしかできません。

「真理」がどのようなものであれ、本書で紹介する様々な現象の研究結果が、多くの人々を大いに元気づけるという現象に「生きがい論」の研究者である私は価値を感じている、と。

この世の中には、幸せを実感している人だけが生きているわけでは決してありません。とてもつらく苦しい人生を送っている人がたくさんいると思います。

突然の病に見舞われたり、治ることのない重度の障害を背負うことになったり。大切な人を事故で失ったり、なにかの事件に巻き込まれたり、大きなことから小さなことまで、さまざまな試練に直面している人がたくさんいるはずです。

そんな、突然の不幸や挫折感に打ちひしがれている人、生きがいを見失っている人に対して、どんななぐさめの言葉があるでしょうか？

生きがいを見失った人々は「生きる力の源泉」そのものを失っていることが少なくありません。このような「生きがいの源泉を失ってしまった人々」がどうしたら「生きがいの源泉」をよみがえらせることができるのでしょうか。

この、生きがいの源泉を再生するための大いなるヒントとして「死後の生命」や「生まれ変わり」の知識が有効であることを、飯田先生は教えてくれています。

ワイス博士の『魂の伴侶』を翻訳された山川紘矢・亜希子夫妻は、訳者あとがきにこう記しています。


「また、最近、ＰＨＰ研究所から出されて大きな反響を呼んでいる『生きがいの創造』（飯田史彦著）という本があります。

死後の生命や生まれ変わりの研究を整理統合したものですが、魂の存在と、輪廻転生を理解したとき、それがきわめて強力な生きがいの源泉になると論じています。ぜひ、参考にしてください」と。

私たちが生きている世の中には、本当に、変わったことや不思議なことを研究している人がずいぶん多いものだと思います。

輪廻転生という考え方は、きっと東洋の思想の中に古くからあったものなのでしょう。それが西洋の社会においても、心理学者や精神科のお医者さんたちが催眠療法というものを用いて輪廻転生を研究しているところに大きな興味を感じます。

(3) 百匹目の猿

「ソウルメイト」という言葉をキーワードにしながら、ちょっと不思議なお話をしてきましたが、もしかしたら、少し先の時代になると、このような不思議な話も、不思議な話と思わなくなる時代が来るかもしれません。

それはどういうことでしょう?

「百匹目の猿現象」というのを聞いたことがありますか? 経営コンサルタント会社、船井総合研究所の会長、船井幸雄さんの著書『百匹目の猿』を引用しながら紹介したいと思います。

「百匹目の猿現象」を易しく言うと、どこかで誰かがなにかいいことを始めると、それは集団内で必ずまねされ、そのまねが一定のパーセンテージに達すると、遠く離れたところでも同じ現象が始まり、社会全体に浸透していく。そのメカニズムのことだそうです。

とても興味深いので、もう少し詳しく見てみましょう。

宮崎県の東海岸に浮かぶ幸島という無人島での出来事です。

そこには天然記念物に指定されたニホンザルが生息していたのですが、1950年のこと、京都大学霊長類研究所の研究者たちが、この猿たちに餌づけを試み始めました。2年後、猿たちの餌づけに成功しました。餌と言っても畑からとれたばかりの泥だらけのサツマイモです。

猿たちははじめ、イモを腕でふいたりして食べていましたが、ある日、1匹の若いメス猿が川の水でイモを洗って食べることを始めました。すると、他の若い猿や母親猿がそれを次々とまねし始め、群れの半数以上が水洗いをするようになりました。

新しい知恵を群れ全体が獲得し、「洗って食べる」ことが新しい行動形態として定着していったわけです。

ある時、川の水がかれてしまいました。すると彼らは海岸まで足を延ばし、海水でイモを洗うようになったのです。「川の水がなければ海の水で洗えばいい」というレベルまで知恵が深まったのです。

この行為は猿たちに思わぬ余韻を与えました。海水の塩分がイモを美味にしたのです。そこで今度は、イモを海水で洗う行動が群れの中でポピュラーになっていったといいます。その食べ方にも、丸洗いするだけでなく、海水にひたしては一口かじり、またつけてはかじるといった「味付け」行動が見られたそうです。

イモ洗いは、1匹が先行して行った行為を他の猿が模倣することで、群れ全体に習慣として固定されていったと考えられます。

その限りでは、幸島の愛すべき猿たちの行為は高度で文化的とはいえ、しょせんは模倣＝猿まねの域を出ません。

しかし、肝心なのはこの先です。

イモ洗いをする猿の数があるところまで増えた時、幸島以外の地域の猿たちの間にも、同じ行為が同時多発的に見られるようになったのです。

不思議なことに、遠く離れた他の土地や島、高崎山をはじめあちこちに生息する猿たちもまた、同様にイモを洗って食べる行動を次々にとり始めました。

もちろん海で隔てられた、幸島の猿とはまったく接触のない、コミュニケーションもとれない、したがって模倣のしようもない別の群れの猿たちの間のことです。

1匹の個体から発した知恵（情報といってもいいでしょう）が集団に広がり、その数が一定量まで増えた時、それを知るよしもない、遠く離れた仲間にまで、まるで合図でもあったかのように情報が「飛び火」していったのです。

これは一体どういうことでしょう。世代から世代への時間の経過を経た、いわば「縦」の継承なら遺伝ということで説明がつきますが、同時代において距離を超えて一つの情報が「横」に伝播し、共有されていったのです。

これが「百匹目の猿現象」と呼ばれるものです。ある行為をする個体の数が一定量に達すると、その行動はその集団だけにとどまらず、距離や空間を超えて広がっていくのです。

生物に見られるこの不思議な現象を、アメリカのニューエイジ科学者の第一人者ライアル・ワトソンが、ベストセラーになった彼の著書『生命潮流』の中で「百匹目の猿現象」と名づけて発表しました。

百匹という数字は、そのきっかけとなる一定量を便宜的に数値化したものです。

ライアル・ワトソンは『生命潮流』という本の中で、百匹目の猿現象を紹介し、人間の文化や流行の原理をそれによって説明しようとしました。

つまり、ある時、ある考え方や思想が社会に一気に伝播する現象が見られますが、その原理は「あることを真実だと思う人の数が一定量に達すると、それは万人にとって真実になる」という、百匹目の猿現象で説明できるとしたのです。

「百匹目の猿」という言葉も面白いけど、言葉以上に興味深いお話でしょ。

まあ、こじつけではないのだけれど、「ソウルメイト」とか「死後の世界」「生まれ変わり」ということに関しても、「百匹目の猿現象」が起こることもあったりして、なーんて思うと、これから先、一つ楽しみが増えるような、そんな気持ちになってしまいます。

第十一章　ソウルメイトの君たちへ

（1）お父さんとお母さんの心の準備

君たち、錬と愛と百花は、お父さんとお母さんの子供として生まれてきました。

これは、とっても不思議なことです。もしかしたら、隣のお家の子供として生まれていたかもしれないのに、なぜか、この家の子供として生まれました。

どうして、お父さんとお母さんの子供として、この家に生まれてきたのだろうか？

そんなことを考えたことがあるだろうか。

君たちが生まれる前に、お父さんとお母さんがどんなことを思っていたか、今まで秘密にしておいたお話をしてあげましょう。

今からちょうど10年前、お父さんとお母さんは東京タワーのすぐ近くの結婚式場で結婚式を挙げました。

その後、約1年間は東京で生活していました。住んでいたのは多摩ニュータウンというところです。小田急線と京王線が走り、新しく開発された近代的な街だったので、当時はやっていたトレンディードラマのロケ地として、たびたびテレビにも登場してきたところでした。

君たちはまだ、この世に誕生していなかったから、仲よしカップルのお父さんとお母さんは、2人でゆっくりと生活することができました。

兄弟げんかが絶えない、今の戦争のような生活に比べると、なんだか平和な世界で時間を過ごしていたように感じます。

「山形に越したら、子供を作ろう」そう言って2人で相談していました。

「将来、元気な子供を授かりますように」と神様にお願いするにあたって、お父さんとお母さんは、心の準備をしようと考えました。胎教の本を読んでみようと考えたのです。

胎教というのは、お腹の中にいる胎児の教育というような意味なのでしょうか。

辞書によれば「胎児によい感化を与えるように、妊婦が精神の安定を保ったり、美しいものを見聞したりすること。子が母胎にある時から行う教育」と書いてあります。

まあ、教育などといった難しいことではなくて、親になるための心の準備みたいなものなのだろうと考えました。本屋さんに行けば、胎教に関する本はいろんな種類のものが山のように並んでいます。

当時住んでいた、京王多摩センター駅にある本屋さんを覗いてみて、1冊の本を手にとりました。

お父さんが手にした本は、伊藤真愚という人の書いた『胎教』という本でした。なんていうか、名前が面白いと思ったからです。

自分の名前を「しんに、おろか」という意味で、「真愚」としたのでしょう。「へー、こんなペンネームを使うなんて面白いな。この人はきっと人間的な中身の深い人なのだろうな」そう思ったのでした。

まだ若かりし頃のお父さんは、伊藤真愚さんの『胎教』という本から、とっても不思議な考え方を教わりました。

天にいる小さな魂が、自分の意思で母親を選び、その魂が自分からお母さんのお腹に入って行くという考え方です。

小さな命が、母のお腹の中で少しずつ大きくなっていく頃に、「僕は、このお母さんのお腹に入ろう」と言って、小さな魂が天から降りてくるというのです。

そんなこと、あるわけないじゃん、と言いたくなるかもしれませんが、お父さんは、こんな考え方がとっても気に入りました。

「なんの意味もなく、ただの偶然で親と子になった」と考えるよりも、「我が子が、自らの意思で、私たち夫婦を選んで来てくれた」と考えるほうがはるかに心豊かな考え方のような気がします。

（2）「天と地」の交流……母の願いを、いのちがキャッチする

「母親が子供を生む」という出来事を、もしも「生まれてくる子供たちが、自分の意思で、親を選んでいるのだ」と考えてみたら、どうなるだろう？

そこでは、ただの偶然ではなく、とても縁の深い、なるべくして親子になったという、高い必然の結果としての親子である、と考えることができるのです。

子供を持つ親ならば、どこの親御さんでも、「我が子とはまったくの偶然で親子になった」とは感じていないでしょう。

毎日の生活の中に、何気ない会話の中に、我が子との深い「絆やご縁」を自然に感じる場面がたくさんあるのではないでしょうか。

それぞれが、それぞれの固有の体験を通して、「大いなる自然の力の中で、きっと偶然ではない、見えないなにかの力によって、親と子としてめぐり合った」と素直に感じているに違いありません。

この感覚が、すなわち「我が子が自分の意思で、私たちのところに来てくれた」ということではないでしょうか。

「母の願いを、いのちがキャッチする」きっとこのようなことがあるのではないでしょうか。

丈夫な男の子が欲しい、目鼻立ちのはっきりした女の子が欲しい、そんなそれぞれの親の思いを、天にいる小さな「いのち」がキャッチして「そこに行くよ」と言って母のお腹に宿ってくれるのです。

もちろん、かけっこの速い男の子が欲しいと願ったからといって、必ず運動会で一等賞をとれる男の子を授かるわけではない。目のパッチリした女の子をと願ったからといって必ず美人の女の子を授かるわけでもない。

そんなことではなく、人間として生きていく上で、その子供に必要な親を選び、その親に必要な子供を授かり、親と子がお互いに成長し合える関係を築いていけるように組み合わされているような気がします。

地上で人間として存在している親が、「元気な子供が授かりますように」と天にお願いして、その親の願いを天にいる小さな「いのち」（たましい）がキャッチして、小さな「いのち」が自らの意思で母親のお腹に降りてくる、という考え方、これこそが「天と地の交流」であって、胎教の世界の一つの表れだと思います。

「天と地の交流」などと言うと、いかにも大げさであり、頭をつるつる坊主にしたお坊さんや、ひげをはやした仙人とかが、深い山にこもって、冷たい滝に打たれながら修行でもしているように感じるかもしれません。

しかし、「天と地の交流」なんていうものは、そんな特別なものではない。一般の人が誰でも気づかないうちにやっていることです。

「健康な赤ちゃんが生まれますように」「病気の親の手術が成功しますように」と、自分の力ではどうしようもできない事柄に遭遇した時、人は目を閉じて、手を合わせ、心の底から真剣に、天にお願いするものです。

自分の願いを天に届けようとする時、願いが届いて天を仰いで、心からお礼を言う時、こんな時には、すでにその人は「天との交流」をしていることになるのではないでしょうか。

「年末ジャンボで3億円が当たりますように」「一生働かないで遊んで暮らせますように」こんな願いでは天との交流にはならないだろうけど、人には「天との交流」をしなければならない時がきっとあると思う。

そして、子供を授かるという、大きな出来事を迎える時には、きっとすべての親たちと子供たちが「天と地の交流」をしているのではないだろうか。

(3) 君たちが選んだ「お父さん・お母さん」なのだから

伊藤真愚さんの『胎教』にはこう書いてありました。

「我が子への願いは、より具体的に細かくイメージして、願いとして強く持つようにしなさい」と。

へー、そんなもんかな。ということでお父さんは具体的にイメージしました。

「大きな会社の社長さんにでもなって、ありあまるほどの大金を手にして、プールのある立派な豪邸と最高級のベンツ、それにポルシェとフェラーリを親にプレゼントできるような、気の利いた子供が生まれますように」と。

うーん、こうなれば最高だが、こんなふざけた願いが天に届くわけがないだろう。逆に罰《ばち》が当たるといけないので、もう一度まじめにお願いしました。

「心と体が健康な子供が生まれますように」と。そして「心の健康」というところをより強くお願いしました。そして、周りの人たちに、優しい笑顔で微笑んでいる姿を具体的にイメージしました。

それからもう一つ、ちょっと欲張ってお願いしました。

「人が幸せになれることを、自らの幸せと感じられるような、そんな子供を授けてください」と。

君たちが生まれる前、錬と愛、百花、それぞれの時に、こんなお願いを神様にしました。

そして、生まれた後も、君たちには記憶がないと思うけど、お父さんは君たちの耳元で何回も繰り返し声に出して言ってみました。

「人が幸せになることを、喜べる人になってね」

「人のお役に立てることを、喜べる人になってね」

このお父さんの声は、君たちの心の奥に届いていたのだろうか？

10回のうち1回くらいは「金持ちになったら、スポーツカーをプレゼントしろよ」と言っておいたから、そっちの小さな声にも耳を傾けてくれるとありがたいと思っています。


ということで、今までのお話からもわかるように、君たちにしてみればどんなに不満のあるお父さん、お母さんであっても、君たち自身が、君たちの意思で選んだ両親なのである。

「こんな家に生まれて来なければよかった」などと言ったところで、この家を選んだのは君たちの魂なのである。

そして、君たちのような子供が授かりますように、と願ったのは、紛れもなくここにいるお父さん、お母さんなのである。

言ってみればお互い様。お互いに選び、選ばれて親子になった、ということである。

とっても不思議なことのように感じるかもしれないけど、深い深いご縁があって親と子になった、と考えるのが自然ではないでしょうか。

「元気な子供が生まれますように」、そう神様にお願いしてから10年が経とうとしています。この間、神様は君たちを病気や怪我から守ってくださいました。

そんな神様に、お父さんとお母さんは、いつも感謝の気持ちを持ち続けています。

君たちも、少し大きくなったら、神様に、そして時には仏様に、自分がこの世界で生かされていることについて、感謝の気持ちを持てるようになることを、心から願っています。

君たちが大きくなった時、忘れないでいてほしいことがあります。

それは、自分自身のことを大切にして生きていく、ということです。そして君たちの隣にいる人のことも、その隣にいる人のことも大切にして生きていく、ということです。

そうすれば、きっと幸せで豊かな人生を送ることができると思います。

だって、人と人は、きっと、みんな、つながっているんだから。

だって、大きな宇宙の中のすべての命は、きっと、みんな、つながっているんだから。

あとがき

私たちの日常生活の中では毎日いろんな事が起こります。良い事も、悪い事も。何気なくテレビをつけたら気になっていたニュースをグッドタイミングで知ることができた。本屋さんにゴルフの本を買いに行ったのに、環境問題の本が目に付いて、つい買ってしまった。

旅行先で20年振りに親しい友人に会った。仕事が忙しい時期に交通事故に遭ってしまい一ヶ月間会社を休むことになった、などなど。

こうした事柄を全て偶然に起こったことだと、運が良かったから、運が悪かったからだと解釈することもできるでしょう。でも、こうした一つ一つの出来事の裏側には何か意味のあるメッセージが隠されていると解釈したらいかがでしょうか。

「今起こっていることは何かの意味があって必然的に起こっている」そう考えた時には、気づかないで過ぎてしまう時より、きっと気づきの多い豊かな日常生活になるのではないでしょうか。

このように自分にとって意味のある出来事が偶然に起こることを、「シンクロニシティ」（意味のある偶然の一致）と呼ぶそうです。そんなシンクロニシティが私にも時々起こります。この本の原稿を書き進めている途中でも転職という形で起こりました。最上町の町立病院から母親の入居しているグループホーム「ふかふか・はうす」への転職でした。

地方の自治体病院で安定した線路の上を歩いていた私は、定年までの20年間、同じ線路の上を歩いていくことに違和感を感じていました。「途中下車して違う列車に乗り換えようかな」そんな思いが少しずつ強くなっていました。

「自分が望むような乗り換え列車が果たして来るのだろうか？」そんな半信半疑な思いが「絶対に来る」という強い思いに変わってからしばらくたった頃、それは起こりました。

「私たちと一緒に仕事をしてみませんか？」

「ふかふか・はうす」の深澤所長からの声でした。

「えっ、……」自分が望んだ乗り換え列車は「ふかふか・はうす」行きだったの？

突然現れたその列車に戸惑いを隠せませんでした。

「自分の抱いていたイメージとは全然違うじゃん」予想外の出来事に、今起こっている事柄が上手に理解できませんでした。

家に帰って、今起こっている事柄の裏側に隠されているメッセージをさぐってみました。

母親が「ふかふか・はうす」に入居した意味は自分をそこに導くためであったのだろうか？

なぜ自分が「ふかふか・はうす」に導かれたのか、明確なメッセージをつかむことはできませんでしたが、直感としてはしっかりと認識することができました。きっと自分とつながっているからだと。

自分の内なる声に耳を澄ませた時、今起こっている事柄が偶然ではなく必然的に起こっていること、自然な流れの中に自分がいることを感じることができました。自分にとっては意味のある偶然の一致、シンクロニシティであることが理解できました。「この流れに、この列車に乗ろう」迷う理由が何もないことに気づきました。

この本を読んで頂いた方の中には、私と同じ様に人生の途中で乗り換え列車に乗る人もいるでしょう。乗り換えずに直行列車でご自分の道を歩んでいる方もいると思います。一人ひとり乗る列車も違えば目的地も違っているはずです。

では一体、自分の目的地はどこにあるのでしょうか？　それを明確にすることができたなら「どうして人間は生きているの？」という問いにも答えることができるのだと思います。

今の私にはその問いに答える力はありませんが、自分の行くべき目的地は外側にあるのではなく、きっと自分の内側にあるのだろうと思っています。

そして、自分が「幸せ」とか「自己実現」を感じられる場所へ向かっていく途中にはいくつもの分かれ道があるようです。日常生活での小さな分かれ道から、人生を左右するような大きな分かれ道まで、人はいつも自分の価値観の中で選択をしながら生きています。

自分の前に現れる分かれ道にどう対処したらいいのでしょうか。とても難しい問題です。

幸い私はとてもいい方法を教えてもらいました。

「楽しいドアを開けなさい」

「どちらが正しいか、じゃなくて、どちらが楽しいか、だよ」

こんなやさしくて簡単な言葉で教えてくれたのは、毎年の全国高額納税者番付で上位に名を連ねる銀座日本漢方研究所の斉藤一人《ひとり》さんでした。

一人さんは言っています。

「人生の分かれ道には、必ず二つのドアがあります。一つは、楽で、簡単で、成功するドア。もう一つは、苦労ばかりで失敗するドア。どっちを選ぶかは本人次第です。苦労のドアは絶対に選ばないという意思を持った人の前には、苦労のドアは絶対に出てきません」。

誰だって、「楽しくて成功するドアと苦しくて失敗するドアのどちらでも自分の好きなドアを開けなさい」と言われたなら、楽しいドアを開けたいに決まっています。

とても簡単なことですが、これが意味するところは、あなたの思いが、あなたの心が、あなたの潜在意識が現実を作っていくんですよ、ということなのではないでしょうか。

「自分の心が現実を作っていく」このことは、私の大好きな天風先生も、精神世界の指導者たちも、みんなが共通して語っていることです。

世間や他人の価値観で「正しいドア」を開けるのではなく、自分自身の価値観で「楽しいドア」を開けてよいのなら、これからの人生がどんどん楽しくなりそうです。

そしてもう一つ私が大切に思うことは、本書の中で述べてきた命のつながりや魂のつながり、大きな宇宙とも自分がつながっているという思いです。

「みんな、つながっている」ということを心に描きながら「楽しいドア」を開けることができたなら、それはきっと幸せにつながっていくのではないでしょうか。

人間はこの世に悩むために来たのではない。心配するために来たのではない。悲観するために来たのではない。一生を暗く生きるために来たのでは断じてない。自分らしく元気に明るくはつらつと、人生を楽しむためにこの世に生まれて来たんですよね。

そんなことを思いながら本書を終わりに致します。

最後になりましたが、いつも近くで原稿作りを見守ってくれていた家族に、きっとどこかでつながっているソウルメイトの皆さんに、編集作業を担当していただいた明窓出版の麻生さんに心から感謝を申し上げます。どうもありがとう。

笠原伸夫（かさはらのぶお）

1965年東京都生まれ。理学療法士。

明星大学人文学部社会学科、社会医学技術学院夜間部理学療法学科卒業。

天翁会天本病院、最上町立最上病院を経て、現在は社会福祉法人さんりん福祉会グループホームふかふか・はうすに勤務する。

趣味は心と体の健康づくり。ジョギングやエアロビクスで汗を流すことを日々の楽しみとして、「健康に勝る幸せはなし」をモットーに生活している。

ソウルメイトの君《きみ》たちへ
きっとみんな、つながっているから

笠原伸夫《かさはらのぶお》

明窓出版

平成十八年十一月十四日初版発行

発行者―― 増本 利博

発行所―― 明窓出版株式会社

〒一六四―〇〇一二

東京都中野区本町六―二七―一三

電話 (〇三) 三三八〇―八三〇三

FAX (〇三) 三三八〇―六四二四

振替 〇〇一六〇―一―一九二七六六

印刷所―― 株式会社 ナ ポ

落丁・乱丁はお取り替えいたします。

定価はカバーに表示してあります。

ISBN4-89634-199-6

ホームページ http://meisou.com

目覚め　～新時代の悟り～　　高嶺善包

待望の改訂版
装いも新たについに発刊！　Ｓ師を書いた本の原点といわれる本です。初出版からその反響と感動は止むことなく、今もなお読み継がれている本書。

「花のような心のやさしい子どもたちになってほしい」と小・中学校に絵本と花の種を配り続け、やがて世界を巡る祈りの旅へ……。二〇年におよぶ歳月を無私の心で歩み続けているのはなぜなのか。人生をかけて歩み続けるその姿は、いちばん大切なものは何かをわたしたちに語りかけているのです。

定価1500円

宇宙心　　鈴木美保子

この旅に、いつも目立たないように参加されていた沖縄の一男性がおられました。本書は、のちに私がＳ先生とお呼びするようになる、この「平凡の中の非凡」な存在、無名の聖者Ｓさんの物語です。Ｓさんが徹底して無名にとどまりながら、この一大転換期にいかにして地球を宇宙時代へとつないでいったのか、その壮絶なまでの奇跡の旅路を綴った真実の物語です。

第一章　　聖なるホピランド
ホピの赤い月・地球の社・ＦＢＩにつけられる・チーズゲーム・世界放浪・ジプシーの予言・ホピランドでのＳさんとの出会い・竜神のお産・ウランの神に祈る・スパイダーウーマン・ホピの予言・石板・真の白い兄弟・私の修行・心の浄化・大和の心を探る旅・他七章

定価1260円

イルカとETと天使たち

ティモシー・ワイリー著／鈴木美保子訳

「奇跡のコンタクト」の全記録。

未知なるものとの遭遇により得られた、数々の啓示、ベスト・アンサーがここに。

「とても古い宇宙の中の、とても新しい星—地球—。
大宇宙で孤立し、隔離されてきたこの長く暗い時代は今、終焉を迎えようとしている。
より精妙な次元において起こっている和解が、
今僕らのところへも浸透してきているようだ」

◎ スピリチュアルな世界が身近に迫り、これからの生き方が見えてくる一冊。
本書の展開で明らかになるように、イルカの知性への探求は、また別の道をも開くことになった。その全てが、知恵の後ろ盾と心のはたらきのもとにある。また、より高次における、魂の合一性（ワンネス）を示してくれている。
まずは、明らかな核爆弾の威力から、また大きく広がっている生態系への懸念から、僕らはやっとグローバルな意識を持つようになり、そしてそれは結局、僕らみんなの問題なのだと実感している。

地球《ガイア》へのラブレター

～意識を超えた旅～　　西野樹里

そして内なる旅は続く……。すべての人の魂を揺さぶらずにはおかない、渾身のドキュメンタリー。

内へと、外へと、彼女の好奇心は留まることを知らないかのように忙しく旅を深めていく。しかし、彼女を突き動かすものは、その旅がどこに向かうにせよ、心の奥深くからの声、言葉である。

リーディングや過去世回帰、エーテル体、瞑想体験。その間に、貧血の息子や先天性の心疾患の娘の育児、そしてその娘との交流と迎える死。その度に彼女の精神が受け止めるさまざまな精神世界の現象が現れては消え、消えては現れる。

そうした旅は、すべて最初の内側からする老人の叱咤の声に始まっている。その後のいろいろな出来事の記述を読み進む中で、その叱咤の声が彼女の守護神のものであることが判明する。子供たちが大きくなり、ひとりの時間をそれまで以上に持てるようになった彼女には、少しずつ守護神との会話が増えていき、以前に増して懐かしく親しい存在になっていく……。

惑星の痛み／リーディングと過去世回帰／命のダンス／瞑想／命の学び／約束／光の部屋／土気色の馬面／孤軍奮闘／地球へのラブレター／内なる旅 ／過去との遭遇／アカシック・レコード／寂光院／喋る野菜／新しい守護神／鞍馬の主／進化について／滝行脚／関係のカルマ（目次より抜粋）　　定価1500円

「大きな森のおばあちゃん」 天外伺朗

絵・柴崎るり子

象は死んでからも森を育てる。
生き物の命は、動物も植物も全部が
ぐるぐる回っている。
実話をもとにかかれた童話です。

定価1050円

「地球交響曲ガイアシンフォニー」
龍村　仁監督 推薦

このお話は、象の神秘を童話という形で表したお話です。私達人類の知性は、自然の成り立ちを科学的に理解して、自分達が生きやすいように変えてゆこうとする知性です。これに対して象や鯨の「知性」は自然界の動きを私達より、はるかに繊細にきめ細かく理解して、それに合せて生きようとする、いわば受身の「知性」です。知性に依って自然界を、自分達だけに都合のよいように変えて来た私達は今、地球の大きな生命を傷つけています。今こそ象や鯨達の「知性」から学ぶことがたくさんあるような気がするのです。

「花子！アフリカに帰っておいで」

「大きな森のおばあちゃん」続編　　天外伺朗　絵・柴崎るり子

山元加津子さん推薦

今、天外さんが書かれた新しい本、「花子！アフリカに帰っておいで」を読ませて頂いて、感激をあらたにしています。私たち人間みんなが、宇宙の中にあるこんなにも美しい地球の中に、動物たちと一緒に生きていて、たくさんの愛にいだかれて生きているのだと実感できたからです。

「どこかに行けば、ほんとうにあんな広い草原があるのかしら？　象がくらすのは、ああいう広い草原が一番いいんじゃないかな。こんな、せまい小屋でくらすのは、どう考えてもおかしい…」遠い遠い国、アフリカを夢見る子象の花子は、おばあちゃんの元へ帰ることができるのでしょうか。

定価　1050円